今　おまえのたましいも
湧きでている
泉のように
わたしに向かって
子どもらに向かって

詩集〈空の泉〉全篇

童話

評論

対談

作品論・詩人論

装幀=菊地信義

詩篇

詩集〈毛男〉から

毛男

間違いのように
ぼくが消えて十年がたつ
それを認めないために
ぼくを見ないで生きている
その間に
顎鬚《あごひげ》が生え　胸毛が生え　陰毛が生え
背中から尻と
体中毛だらけになった
黒い毛
赤い毛
白い毛
透んだ毛
稲穂のように
乱れやすい表皮と共にうねり
溢れやすい汗水にたゆたい
時には美女の膚になすりつけられ
うふうふと笑っている
廃墟にもにぎやかな草のそよぎ
ぼくはどこへ行った？
茜色の表札に目を凝らしていたら
玄関の灯りがふっと消えた
見ていたのだ
あなたは
毛だらけになったぼくを
ああ　はやく訂正を
無影照明の十年が
ぼくを晒している
あなた
見ないで下さい
せめて
顔をそむけて
一緒に湧き水でも
飲みましょう

その間にまた十年
はやく初校を
はやく

日記

　そうしてコツコツと窓を叩くのは誰なのか？　いや、誰も叩きはしない。覗いていただけなのだ。ほんの一瞬。しかしぼくは、その顔を見てしまった。

　いつの頃からか、その町は固有名詞ではなくなった。ぼくの部屋も変った。畳の部屋は盗賊に奪われるように失くなり、あらたに、緑の絨氈と額縁に収まったドガの絵のある部屋がもたらされた。がらんとした書棚にあるアランフェスのレコードだけがぼくのものだ。窓からは、灰色の建築と垂れ下がった氷柱しか見えない。

　雪の結晶で出来ている透明な箱庭のような町を散歩すると、冷たい冬の刷毛が、木々の匂いからぼくまでを消し去る。その枯色に萎えしぼんでいく優しい愛撫は、ぼくに、あの巨大な廃墟都市にある粗末なアパルトマンへ帰る日を延期させる。

　薄紫色のひかりが、むなしく翻る旗と、黒く不気味な獣の群れをとらえ、予告だけが交錯していた。

　そんなある日、一枚の葉書が、陰画の白い遠景を飛ぶ鳥のように飛翔して来た。その差出人名無しの葉書が、何を意味しているのか、ぼくは解こうとはしない。ただぼくはあなたがまだ生きているということだけを受知した。

　そうしてぼくは、命ぜられたように書き出す。ともしびの貝を拾いに、蕾から花へ激しく変っていくあなたの生命を獲物とする、狩人のように。

十月の舗道《ペーヴメント》

棄てられた胴長犬《ダックスフント》のように
這い続ける風の下で
舗道《ペーヴメント》は

すこやかに夢みていて
わたしたちに唯ひとつ残されてある
影さえも
やすらかに吸いとり　無くしてしまった
太陽は明るかったが
遠くどこかで空滑りを繰り返し
わたしたちは不思議な器のなかにいるようだった
風が掠めてきたような
わずかに洩れた光りに
おそるおそる手を伸ばすと
きまってそれは
敏捷に羽ばたいて
あなたの脚をつつむ透明な靴下に同化した
もうけっして
この舗道に緑の草が生え出ることはないだろう
渇ききった砂のほかには
何も舗道の間隙を埋めはしないだろう
蝶のようだという
敷石の乱舞はついに見られなかった

そして今
冷たい風に乗って
通行人のようになにげなく
わたしたちを追い越していったのは
色褪せた新聞紙だった
わたしたちのつたない歩みは
それを道案内にするだろう

闇なお深く

ひたひたとふくらむ闇の隊伍に
耳を落とした
わたしの塑像に
翼をきしませ
やってくる
銀色の音
幾千の反響を一筋に絞りあげ
その音はやってくる

堅い瞑目の彼方で
あなたは重い契りを背負い
あえかな空気をすい
灼熱の夢を育てていた
夢の熱さのために
いっそう冷ややかな濃紺の夏に
ビードロころがす
町人の滑らかな飢えが拓いた
祝祭の境内
松明の照り返しが
妹たちの白面を剝ぎ
小母たちの空洞の涙腺に火を走らせ
星が砕けた情事を追い
背ろ姿の祭から
祈りに腰を沈め
点々と鈍い乳液を残し
すぼむ　腹に
ふさふさと陽炎を焚き
傾く地面を
一歩一歩　進む
あなた

古い記憶を氷で砕き
スプーンでかきこむ火の夏の胸
道は未知
わたしたちははぐれ
四方《よも》に無音の悲鳴を交感し
息をひそめ
耳の深さに
闇を身籠った

応答せよ
あなた

（『毛男』一九七九年麥書房刊）

詩集〈緑が雲を思う〉から

土を噛む

トマトの根が土を噛んでいる
やわらかく肥沃な土を
美味そうに

ところでぼくは何も噛んでいない
ぼくに根はあるのだろうか
水気ばかりの茎が
風に撫ぜられるばかり
麦藁帽子はどこへいった
きらめく光
遠い雷
その一瞬の停止に
きみが白く炎えた
あの頃

ぼくはきみを噛んでいた
腹部のすぼまったところに
根の束があり
深々と
ぼくはきみを噛んでいた
噛みあった
ひきつり輝く皮膜から
新鮮な樹液がとっぷりと流れ出ていた
藁の寝床はどこへいった
痛みが罪を刻んだ
あの月の一振りは

トマトの根は今も土を噛んでいる
だがぼくは何も噛んでいない
このまま
無数の小虫に
水を吸われながら
眠りにつくのだろうか

樹木に

一本の骨にむかってすぼまった
きみの胴に耳をつけて
血の流れを聴く

ふるさとの草はらに
汗を空に返しながら
眠った少年が聴いた
土のせせらぎ
葉脈をたどり
とろりとした卵が
身をよじらせて
葉肉から樹肉へと移っていく

あれから今まで眠っていたのだ
いつのまにか
体から無数のひげ根が生えて
しわしわと土の中へ伸びている

卵が樹肉から人肉へと移ってくる

それでいい
だからぼくらも
一つの樹木に

枯葉前線

奇妙な記号なども混えながら
辞書の単語のように落葉が降っている
十一月
東京にも枯葉前線がやって来た
道に　公園に　敷きつめられた
黄色い楕円紅い楕円の夥しい記憶の栞
その上をさらにわたしの靴の楕円が踏み分ける

この都市の舗道も故郷の野につながっている
ならば落葉のように時も乱れ降れ

獣に追われる少年の夢に
枯葉と時間が攪乱する
それがひひであったり月の輪態であったりするのがおか
　しいのだが
ぐらぐらと傾く山の裾野を
びっしょりと恐怖に冒されながら
少年は絶望の淵に追いつめられた
その時揺らぐ空を引き裂いた猟銃の音が
枯葉をざあっと降りしきらせ
獣《けもの》たちを一斉に冬眠させた
少年は頬を紅葉させて眠っている
恋する人よ
あなたは今も
枯葉の浮いた庭のドラムカン風呂に入る時
その豊かな乳房のあたりに
四囲に迫る殺意のようなうずきを感じているのか
ひっそりと住む人の少ない古い町なのに
視線ばかりがもののけのように泳ぐ故郷よ
それでもわたしはそこに帰りたい

なぜなら枯葉は桜木《さくらぎ》の枯葉が一等美しいからだ
ねえ
葉が木から離れる時
小さな叫び声が聞こえはしないかい
今日わたしは
都心の桜並木の下でそれを聞いた
故郷の城跡の桜と同じ叫び声さ

東京に桜前線が訪れたのは遥か三月
今、かの樹木は枯葉前線につつまれた
北上していくもの
南下していくもの
列島は旅人が往来するにふさわしく
もしわたしが選ぶなら
あたたかい南風より
葉を染めて土に返す北風になりたい

林檎

林檎の実が
木を吸っている
しゅうしゅうと吸っている
紅く艶やかな
林檎の皮は
小枝の硬い皮膜に繋がっている
ひょっとしたら
林檎は
吸っているのではなく
樹木の芯から
吹かれているのかもしれない
幹の根本に
甘酸っぱい小人がうずくまり
吹いている（何を）
吹かれて林檎は
しゅうしゅうと膨らんでいる
ぼくの皮膚も
あの枝の皮膜に繋がらないものか
吸うにしろ
吹かれるにしろ
果液が
体中を
かけめぐるだろう
葉陰に
君が近づく日を待ちながら
林檎は
樹木にある

停車場

忘れられて
新聞が配達されないように
その駅も忘れられている
こうして午過《ひるす》ぎになると
停車場に佇《た》つのだが

汽車は現われない
陽射しは明るく
白い柵の向こうでは林がそよぎ
どこかで雲雀が鳴いている
老駅員は窓口の奥で
パイプを削っている
時折り町の女が
改札口に姿を現わして
ぼくをのぞいていく
レールは赤錆びて
砂利の間からは草が生えている
ぼくのトランクは
長い間ベンチに置かれたままだ
一両の無蓋貨車が
ぎいーっと低い音をたてて
目の前を過ぎていく
貨車の前に片足を乗せている
青い作業服の男が
じっとぼくを見すえて移動していく

ぎいーっという音がかすんでいく
ふらりと黄色い落葉が
乾いた枕木に落ちる
いったいぼくが乗る汽車は
いつ来るのだろう

（『緑が雲を思う』一九八二年紫陽社刊）

詩集〈西津軽へ〉から

西津軽郡平滝沼　序奏・ピアニシモ

一枚
一枚
水が
頭上低く碇泊する空に
乗船していく
水際に置かれた少年の服から
踊り出す血
食を求める葦たちの
むずがゆい謀議

泥土は
なんねんもの飢餓に
遠い日の得恋を喉元にころがし
汐臭い寝息をかいている

白砂になれなかった泥土の
やわらかな熟成

腐ることも
こばまれた
灰色の生涯に
あなたは
奥州を
落ちのびてくる者の跫音に耳をすまして
両棲類のように
うっすらと笑う

わずかな光りが
敗戦の刃紋を揺らし
純潔な血が
半島の底深くわたってゆく
雲は空と見わけがたく黒ずみ
黄色い花が
胸の淵で

ちらちらと疼いている

倒れそこなった
あなたの細い腰が
棒立ちになって
水を見返している
水の眼
眼の中の水
列島の端に閉じた若い獣の眼

海近いその沼に
旅人を救った
鳥の羽搏きもなく
空からは
冷んやりした未来が
一枚
一枚
剝がれて
あなたの頰を撫で
黒い水面に流れていく

西津軽郡ベンセ湿原　アンダンテ

流れになびく水草は
あなたの髪に似て

枯草色のあなたと
水色のわたしが
たゆたいながら
ベンセ湿原の中をゆく
水路に沿って
浮き続く
青いジュンサイのまどか
遠く追跡者の気配も消えて
うすい空に向かって群生する無音
もう体内はすべてを飲み入れた

だがこの暗い思いは何であろう
手に手をたずさえて
わたしたちはやって来たのだ
世の吃水を沈みまた沈み
死に名のりをあげるべく

何であろうともよい
夏　沼の水が減水すると
濡れた草が露われる
それでも深部の水温は
暑夏ながら極めて低い

南津軽郡平川　アンダンティーノ

白鳥が舞い降り
雪けむる水面
古い雪が凍り
新しい雪がまた被う河原

ここもまた落ちのびて来たものの地
身を潜め生き永らえた四百年の血統も
中世の雲間に束の間の雪のひとひら

あれから幾年の歳月が流れたのだろう
弘南バスは泥を巻きあげながら
村から村へと人を落としてゆく
終点ではバスの車掌の
やわらかい尻に揺られたという友もいた
平野と呼ぶには狭く
平地と呼ぶには広い北の野面に
平川は
弱い運命線のように流れている
藤崎城址の近くで女の腰のようにふくらみ
毎年決まってそこに
二、三百羽もの白鳥が
シベリアから渡って来る
群れなす白いたたずまい

突然広げられる翼の内側のめまい
悶えるように争う白鳥もある
甲高い啼き声の言葉が
対岸の林檎畑に吸いこまれ
遠くの沈黙《しじま》が揺らぎ
枝の上の雪が射落とされる
パンを放れば
冷たい水ごと飲みこむ白鳥
白鳥は哀しからず
渡っていくところのないわたしたちは
山岳列島の陰の川べりで
白鳥よりも小さくうずくまり
いつまでもじっとしている

津軽・奥羽線　アレグレット

油の匂う板木でできた
重く古い箱である客車には
籾殻のような人々がまばらに乗っている
薄い氷の膜が箱の内側を包んでいて
毛糸の手袋で窓を拭くと
つるりと滑る
手袋を脱いで
指の腹を押しあてると
その人のぬくみが恋しく
まるく融けたところに
目を寄せると
津軽は白い布で目隠しをされ
凶作年表から行軍を続けて来た白い兵が
田畑を制圧し銃を向けている
乗り合わせた校長先生に
あの白い兵たちは何ですか　と聞く
世界史と日本史の間で習っただろう
それは地理のことですか
そうかもしれない
文藝春秋の先生は元気がない
彼らが燃やしたんだよ

きみの学校を
ぼくの学校
茶色い廊下と青い要覧
雪の中で焼き打ちされた
ぼくの学校
そうだ
先生は地区の革命委員会で
査問を受けていたんだ
凍ったバケツを持たされて
つらかったでしょう
先生は窓枠に目を落とし
頬のたるみをぶるっとふるわせ
箸の紙袋に書いてよこした
厨川白村《くりやがわはくそん》を学びなさい　と
ぐとんぐとん
ぐどんぐどん
津軽新城　鶴ヶ坂　大釈迦《だいしゃか》　浪岡　北常盤《きたときわ》　撫牛子《ないじょうし》と
客車は
白村を行く

りんごを踊れ　終奏・フォルティシモ

りんごを踊れ
寒いぞ　起きたくないね　弘前
朝の町に青い大気が凍りつき
みんなが
溶けたりんごの匂いを放ち
眠っている頃
上土手　中土手　下土手
一番町と一気に駈け抜け
追手門くぐり抜け
三の丸　二の丸　本丸と
走りゆけ
生まれた時からその実を拒んでいた
赤い皮を
押しのけ　押しのけ
ふくらんできたきみの歳月
眠る弘前
そっと齧るぞ　きみの芯

夢うつつ
うつつまどろみ
きみの果実は甘く
きみの愛液は酸っぱく
奥州を逆流して東京をも浸す
逢いたいね
本丸から眺める雲よ
一通の手紙のように
岩木山の陰に流れゆけ
まだまだ
まだまだ
弘前は
しなびたりんごなんかじゃない
かくはデパートの赤鬼は
ボールをぶつけられて叫ぶ
かくはは失くなり
ワイズやコムデギャルソンになったが
赤鬼は家々に棲んでいる
弘前市新鍛冶町32番地藤田編物学院

母は戦争が終わってからずっと編み続けてきた
母の手　母の教え子の手
幾千の女たちが編んだ
幾万のスェーター
男はその編目を破り
女はまた編み直し
太毛
中細
合細
極細
ぼくは何の毛
ああ　めぐさい
時に恥ずかしく
少年は着せられる人として
小鬼のように立っていた
光れ
めぐさい
眠る弘前
その小さな町の

ほころびた編目をふるわせて
この寒い平野に
りんごを踊れ

（『西津軽へ』一九八七年書肆山田刊）

詩集〈この地上で〉から

スケッチ

青空に浮かぶ雲をスケッチしているそばに
うつむいた横顔がある
白い画布には
緑の半生がデッサンされている
明日の緑
一月後の緑
来年の緑
つまり、残りの半生
彼方では
プラタナスをバックネットに
ポプラ並木をファウルゾーンに
キャベツ畑を外野席にして
子どもたちが野球をしている
草の中から野球帽

彼らは誰の半生を飾っているのか
親の姿は見当たらない
恋人同士のようなわたしたちには
病気の子どもがいて
一人、病室で眠っている
余り、見ないで
いつしか
画布にはあかい花きいろい花が咲いている
花など見当たらないというのに
何年後の花なのか
わたしといえば
ぽっかり
ふわふわ
雲ばかり
空も
緑のカンバスに
若い父と母の
残りの半生を
その点景を
描いてくれるだろうか
小さな上半身たちが
草の間を駈けている
誰かが打ったのだ

さよなら東京

牛乳を飲む
わたしの喉を見て
トンネルに入ったね
という二歳の子が
車窓に座っている
都市のトンネルを
風が流れている

あなたの体の
やわらかいトンネルに目をこらすと
さらさらと

水のように光る傷が流れている
地の中の川に
ぼうっと光る
幾時代もが流れている
見えるばかりの
すくえない水

母が横たわれば
坊やを手離す街
轟音の街の下
列車は無音で動き出す
さよなら
立ちつくして
さよなら
わたしの東京が
わたしのトンネルに
入ってくる

空に…

青い空に
船が浮かんでいる
上手に翼を広げた鷗が
船に何かを問うている

船は泣いているのだった
係留ロープが
するするとはずれるばかりだという
この町の気流の加減ではないだろうか

子どもが　虫捕り網を振って
船をつかまえようとする
すると風がおきて
スクリューが回る

空の果てには
大陸がある

美しい港もある
だがここよりもっと寒い

僕はいつも
その日の仕事につりあわない
旅行鞄をもって
会社に出かけている

誰も見ていないところで
空に向かって鞄を開くと
青い粒子が
たくさん　たくさん落ちてくる

船が汽笛を鳴らしている
乗船をうながしているのだ
けれどタラップがみつからない
乗船名簿は何年も前に出してあるのだが

立ちつくしていたら

僕は　足元から
空になってきていた
鞄を閉め忘れていたのだ

さようなら　みなさん
こんにちは　空の船
泣いていたのは
君ではなかった

（『この地上で』一九九〇年土曜美術社刊）

詩集〈森の星〉から

杣道《そまみち》

もう　半ばを過ぎているのだろうか
踏み分け道が年ごとに藪におおわれている
私は鉈《なた》を振るう
チシマザサを束にして切る
オオカメノキをピンと張ってから切る
後ろから息子がついてくる
彼にとって道は始まったばかり
町では見せたことのない笑顔で
けもののように目を輝かせて
アスファルトではふらふら頼りない足取りも
しっかりと腐葉土を踏みしめている
どのあたりなのだろう　ここは
尾根筋には太くねじ曲がったブナが続き
踏み分け道を回廊状に守っている

樹間からは山また山
黄金色の織物の中を風が静かに渡っている
雲が流れている　影を残して
私はどこへ向かっているのだろう
見失ってはいなかったはずなのに見失っている
川をめざして斜面を降りていく
今握ったのはタニウツギ　次はタムシバ
体を地面から離し枝に力をかける
高い梢で囀っている青い鳥はオオルリ
町ではいくじなしの息子が
軽々と枝から枝へと握り手を移している
彼はまだ森の大きさを知らない
彼にとっては目の前が森だ
私は森を計ろうとしている
歪み続ける地形図と定まらない方位磁石で森を計ろうと
　している
やがて台地に降り立つと辺りはすらりとしたブナばかり
西洋で見た教会を思わせる森
木立ちは天上をめざし

木洩れ日はステンドグラス
どこかに聖水の音
祭壇に立って見回すと
ぐるりぐるりとブナが回っている
私はどこから来たのか
過去が菌類によって解体されていく
この木屑のような土くれのようなものが私の過去か
息子よ
私はすでに倒れている朽木なのかもしれない
水場へ　水場へ
ブナの根元深く腐葉土と岩盤の間を流れている
水脈を聞き分けながら
杣道をたどる

子らよ、白神の森は……

曇天を押しあげて
町の屋根から遅い朝日が昇ってくる
まだ仄暗い部屋の中で眠っている
幼き子らよ

森ではまだ夜が明けないうちに目醒める
それが十月ならば
谷あいの漆黒に
ようやく大オリオンが
中天近く昇った頃
昨夜の燠を灰の中に探し
焚火を甦らせる
一夜のうちに
夜と朝
二度　星と炎を見られることの倖せ
倖せとは　また
しんしんと冷える谷間によぎる
きみらの寝顔
森では今乾かしたばかりの地下足袋を
霜の降りた川原から渓流に差し入れざぶざぶと歩いてい

く
つま先から脳天へ突き抜ける川の霊気
喉が渇くとそのまま腰を屈めて川の水を飲む
屈折さえしない水の中で岩魚《いわな》がじっとしている
おはようと語りかけると
するすると泳いでいく
なぜ岩魚は水が流れてくる方向にしか泳がないのだろう
源流部には岩魚の王国があるに違いない
するすると泳いでいく魚をみつめる無心
無心とは　だから
澄みきった水のような
きみらのまなざし

森では低木や笹藪につかまりながら斜面を登っていく
体の全重量をそれらの根っこにまかせ
高度を上げていく
どっと蛙のようにへばりついて尾根にたどり着いた時
そこが思いがけないブナの台地であったりすると
ただもう嬉しくなってしまう

それが十月ならば
無限の続き模様である葉っぱが黄色い光りを散乱させて
　いる
つるりとした灰色の幹に緑の苔がレースのように飾りつ
　けられているブナの
何となまめかしいことか
汗をバンダナで拭きながら
妻という女体に思いをはせる官能
官能とはきっと
父ときみらをつなぐ
生命《いのち》のつながりにたゆたうもの

山肌

やわらかな風が山肌を撫でていく
緑の毛の獣がみじろぎ
陰りと陽なたが移ろい
濃い緑淡い緑が戯れながら

波のように去っていく
きみにも見せたかったな
こんなに静かで大きな揺らぎ
こんなふうな人間でありたかったよ
ごめんな
せわしなく木をついばんでいた
アカゲラが飛び去ると
葉むらのそよぐ音が
海の波音のように迫ってくる
深い森の中なのに
ぼくは海の孤島にいるようだ
ゆったりと間をおいて
押し寄せる波の音
きみにも聞かせたかったな
こんなに優しく大きなさやぎ
こんなふうな人間でありたかったよ
ごめんな

岩木川

わたしとあなた
川のほとりを歩いている
川の流れはゆっくりで
わたしたちの歩みの方が早いようだ
なのにわたしたちは
川の流れを追いこせない

冬
白鳥が休んでいて
わたしたちがパンを放ると寄ってくる
その姿を見て
哀しいと思うのはなぜだろう
白鳥はひっそりと
かくれるようにこの川を選んでいる
わたしたちもまた
この津軽にかくれているのだろうか

春

雪どけ水で
川は水も豊かに踊っている
白神の山々からとけだした水が
この川を伝って
津軽平野をうるおしていく
わたしたちの体にも
あたらしい血がみなぎっていく
だから駆けだしたのだ

夏

あの小さな落差のところで
わたしたちは川に足を入れ
魚をつかまえようとする
ほんのたまに魚は
その小さな滝を登ろうと姿をあらわす
けれどつかまえられない
わたしたちが
互いの心をつかまえられないように

秋

どこかの木から落ちた
大きな赤いりんごが流れていく
川をこぎおりるカヌーのように
するりするりとりんごは流れていく
わたしたちは追いかける
けれどわたしたちは
川の流れを追いこせない

りんごはしだいに遠ざかっていく
それでもわたしたちは走る
わたしたちの
海に向かって

森の星

谷の底から夜空を見上げると

黒い袋の中に
金の砂が詰まっているように見える
星座が
ゆっくりと
欠けながら
新しい形を見せながら動いていく
この森も
この私たちの星も
ゆっくりと動いている
母が私を生み
妻がこどもたちを生み
あわただしく生きてきた
この時の流れも
ほんとうはゆっくりと動いている
少しずつ欠けながら
少しずつ新しく
星が流れていく
あんなに素早い流れ星も
はるかな時の彼方から
ゆっくりと流れてきたのだろう
願い事をとなえる間もないが
あの瞬きの間に
幾万かの死
幾億かの愛の営み
その星が消えていくように
ひとり　ふたりと
たいせつな人が消えていく
流れ星がひとつよぎるたびに
なんだか川の水位があがってくるようだ
くろぐろと
ひたひたと
見つめていると
水の中から
星がちらちらと浮かびあがってきた
ちくちくと
少しここちよく

（『森の星』一九九八年思潮社刊）

詩集〈ひとつのりんご〉から

ひとつのりんご

りんごがゆっくり降っている
青空の中をいくつもいくつも
きみはその中のひとつを受けとめ
手のひらに包んでみつめている
かなしいくらいに静かな真昼
あの日も　今も

りんごがゆっくり降っている
雪よりもゆっくりいくつもいくつも
きみはその中のひとつを受けとめ
ひとくち齧ってては
果肉をみつめている
遠いあの時
戻らないあの時

ひとくち齧られただけのりんごが
雪の上に落ちている
ほんとうを言うと
もう　何もかも忘れそう

たくさんのりんごが
音もなく降っている
熱いものがこみあげてくる
ひとりの人の名前が
りんご畑に吸い込まれてゆく
こだましながら消えてゆく
けれどきみは
かたくなに立ち去らない

何もかも忘れ果てても
きみは立ち去らない
たったひとつのりんごのために

囃子

四つ角の向こうから
聞こえてくる囃子の音
闇のさざ波が敷居を洗い
けものが夢の中からこうべをめぐらす

人生は笛の調べに似て
くちびるに吹かれては
喜びと哀しみを奏で
くちびるを離れて息絶える

濡れたくちびるに吸われ
渇いたくちびるに吹かれ
笛のようないきものであるわたしたち

遠く離れているときも
耳をすますと
かすかに聞こえる

あなたの脈打つ鼓動
たわむれの指に遊ばれ
懸命な指に支えられ
高まってゆくいのちの笛

見送り絵が遠ざかってゆく
出合いの四つ角から
思い出という霊のひしめく
深い森に向かって

囃子だけが
残されて
わたしたちのくちびるを
近づけようとしている

透過光

午後四時

追手門を入ってすぐにある広場は
芝生に寝そべっていたカップルも
遅いランチをとっていた
若い家族もいなくなり
数羽のカラスが舞い降りて
何やらついばんでいる

わたしは古い石造りのベンチに横になり
親しんでいる詩集を広げる
ところが詩集の上方に
セルロイドのように明るい
みどりの葉を見てはっとしてしまう
大半の葉は
モスグリーンに翳っているのだが
透過光
というのだろうか
葉群らの中で
低く差し込んでくる陽射しに貫かれた葉だけが
艶々とみどり色をしている

見ると葉群らに囲まれた空も
いつにない深い青色をしている
昼の水色でも
日没の後の藍色でもない
やはりセルロイドのように明るい
青の粒子の詰め合わせ
わたしは詩集を開いたまま
ページの向こうの葉と空に見とれている

かたわらの
追手門に向かって帰る道を
母親が乳母車を押してゆく
砂利道に揺られながら
赤ん坊もまた
この光るみどりの葉を見ているだろう
ああ
外で
横たわること

それがこんなにも
大切であることを
わたしは長い間忘れていた

この
光に貫かれた葉っぱのように
体中を
光に貫かれていた時が
あったのだ
この
光に貫かれた葉っぱのみどりを
このひとときの色のまま
あなたにあげたい

山よ

羽状絹雲を光らせて
金色の翼をひろげた山が
勤め帰りの車窓から見えるとき
わたしのなかに忘れかけていたものが帰って来る

山よ　とうの昔にわたしはなにものでもない
やさしい人がいとおしんでくれた
澄んだ目の猟師ではない
けれど今も狩をするもののように山を見ている

橅《ぶな》の森が遠い日々を囁きあっている
疲れたけものが安住の巣穴をさがしている
山がいとおしいのは
そこに深い森があるからだ

水の音がする
木の根をかすめて地中を流れている水脈が
わたしの心臓を叩いている
あの日のその人の言葉のように

腐葉土の裂け目から水がほとばしっている

口をあけて水泡を飲み込む岩魚のように
かけがえのないものたちが
水をむさぼっている

翼をたたみ静かに山が暮れてゆく
山のむこうで遥かな海が鳴いているようだ
わたしの胸から無数の鳥たちがはばたき
山の森に帰ってゆく

なにが残っているのだろう
消えたさえずりがいつまでもこだましている
さまよう鳥が戻るまで
山よ　眠るな

水鏡

雲がその姿を映している
水鏡
山ものぞきこむようにしている
水鏡
何枚も何枚も並んでいる
水鏡
鳥が鏡から鏡へと
そのはばたきを映している
水鏡
時折り
電車のシルエットが
畦道でバウンドしながら渡って行く
水鏡

きみはきみの心に
何を映しているだろうか
何を映せるのだろうか

圧巻は
夕日がその姿を映しにきたとき
金色のメダルのような

そいつは
水鏡の中で
実際の夕日以上に輝いている
あろうことか
実際の夕日にはついていない
光の長い束を映し出して
水鏡全体の色を変えている

きみの心もまた
そんなふうに
まぶしく何かを映し出すことがあるだろうか
まぶしく色を変えることがあるだろうか

やがて水鏡は
無精ひげのような穂を生やし
あっという間に
ふさふさとした緑の穂におおわれ
そこが
水鏡であったことさえ
誰からも忘れられてしまう
けれど
緑の穂よ
自分の中に
白い雲や
青い山や
黄金の夕日に愛された
水鏡があることを
忘れてはならない

りんご

なにも失うものなどないと考えた日から
遠く走り続けて来たのか
さまよいの森の一角で
りんごは
末端へ末端へ
その愛液をほとばしらせ

まるくまるく満ちて
冷え始めた空気を押している
今では妻も子も
死んでしまった小鳥さえも
そうなにもかも
失いたくないと思いつつ
しかし
木に手をかけて
肺を波打たせている
わたくしはすでに朽ちているのだろう
倒れかけているのだろう
さくりとかじれば
大地から流れ込んだきのうの甘さと
あしたへと向かう酸っぱさ
すずなりの眠りとめざめ
きみたちは
小さな種からよくそこまで来たね
赤く艶やかな肌の
なんとなまめかしいことか

わたくしは
ほんとうのところ
青息吐息なのだけれど
すこし
横になって
青空に浮かぶりんごたちを
眺めていれば
ほどなくして
その枝の指し示すところに
また
歩みだしていけるのではないかと
頭上の
おびただしい
きのうとあしたに問いかけている

（『ひとつのりんご』二〇〇六年鳥影社刊）

グラフ

寝息がきこえる
ああ　生きている
若く元気なときも
夜中に耳をそばだてた
うさぎみたいに
ましてや　今
こんなに雪が降り続ける
とざされた日々のなかで
おまえの寝息は
遠い星からの信号みたいに
脳裡に
ただそれだけの
グラフをえがくのだ
ときに高くもりあがり
ときに低く下がり
山あり
谷あり　の
ともにあった長い日々のように
寝息はあがったり
さがったり
耳をそばだてながら
祈るのだ
このグラフが
いつまでも
動いているようにと
世界中の音という音が
雪に吸い込まれたような町の
洞穴みたいな小さな家の寝室で
真夜中に
ひとり目覚めて
みている
きいている

婦人科病棟

病棟に横たわる
女たちの息遣い
カーテンに囲まれて
身じろぎしている女たち
乳房をわずらい
子宮をわずらい
卵巣をわずらい
それらを失った女たち
乳房喪失
子宮喪失
卵巣喪失
女たちは
それらによって
わたしたちを産み
わたしたちを育ててきた
けれどいま
それらを失い
病室の寝台に横たわっている
熱く
悲しい
空虚
そのうつろを
草のごとく
水のごとく
木のごとく
埋めるものは
男
おまえでなければならない

土

一時退院の日は
めずらしく快晴
妻は
四十日ぶりの外気を吸い

青空に目をほそめた
二週間後には
また入院するのだが
ともあれ
一時放免
放たれた鳩は
丘の上から
残雪が光る岩木山を見た

木戸を入ってすぐに
しゃがんだ妻が
庭の土に手のひらをあてた
「あったかい」
わたしもあててみる
あたたかい
病室では
触れることのできないものたち
妻はまずはじめに
土を選んだ

夏至

夏至だよ
まだこんなに涼しいのに
もう昼の時間がみじかくなっていくのだよ

来年の夏至にはもうこの世にいない
そう　妻は言う
来年の
六月二十一日も
六月二十二日も
わたしにはない
そう　妻は言う

田んぼに植えられた稲穂が
ひんやりとした初夏の風に撫ぜられ
緑のさざなみが
ゆきかっている
その稲穂を

一年後に
見ることはない
そう　妻は言う

わたしの日々の勤めはつづく
電車は
まだまだ明るい六月の夕暮れを
田んぼに長い影を映して
人々をはこんでゆく
畦道に影をけいれんさせて

妻は
突然みじかくなった
わずかな昼を
手のひらにのせ
何かの種でもあるかのように
みつめている

夕顔

退院して間もなく
おまえは
玄関の外に小さな椅子を出して
わたしの帰りを待つようになった
小さな白塗りの門扉から玄関までの
小さな庭に
おまえが植えた花たちが寄り添っている
エゾマツと花水木の下に咲いている
アジサイ
スノウポール
アメリカンブルー
クリスマスローズ
玄関を過ぎると
薔薇にテッセン
夏の日は長く
わたしの帰宅時間でもまだ空はあかるく
おまえは

山に沈もうとしている陽射しからの
木洩れ日を
やつれた頬に受けながら
影を濃くしはじめた花たちを眺めている
二人でペンキを塗った門扉をあけると
おまえの細い体が
玄関前の白い柱のかげから揺らぐ
小さな椅子にすわっているおまえ
そこに咲いているのは
やがて閉じられる
夕顔
おまえは
かすかに笑って
「お帰りなさい」と言う
予告された
死への暦はいつしか九ヶ月を残すばかり

夏雲

山に向かってクルマを走らせる
山の肩に
モール織のような白い雲
連峰のかわりに入道雲

ゆきちゃん
幼いころ
おまえを呼んでいた声がする
おかあさんだったり
ともだちだったり
白い雲から声がする

生きてきた
ここまで生きてきた
やせっぽちのゆきちゃんは
ここまで生きてきた

いま
おまえをつれていこうとしているもの
白い雲
青い空
山のかなた
あんたたちは
ひとちがいをしている
ここにいるのは
まだまだそちらにはいかない
ゆきちゃんではない
わたしの妻

夏祭り

ねぷた囃子がたかまり
暮れゆく空から舞い降りるものたち
おまえのやせた肩に降り立つものたち
いのちの小人たち

（どこへつれてゆこうというのか）

その日　ためらうおまえを誘い
おまえは脱毛した頭にかつらをかぶり
弱々しい足どりで出かけた

闇に
あかあかとかがやく
ねぷたを見上げる
おまえ
また来る夏にはこの世にいない人

ねぷた囃子が続く
こどもらの赤い小太鼓
若衆の叩く大太鼓
少女らの吹く笛の調べ
炎える大灯籠のつらなりのなかから
夜空へと舞い昇ってゆくものたち
いのちの小人たち

（どこへつれてゆこうというのか）
最後の夏をかみしめているのか
ただわたしへのやさしさのために出てきたのか
うかがいしれない横顔に
太鼓も笛もただただ
かなしい調べであった

おまえの頭上
はるかな奥処に
夜の虹が見える
すでに仕度のととのった
入口のように

風景

先進医療のための病院からの帰り
仙台駅の珈琲店で
おまえはホットサンドウィッチを食べる
ふだんあまり飲まない珈琲をおかわりする
珈琲で少しずつパンを飲み込む
時間をかけてゆっくり

腫瘍マーカーが１０００を越えていた
医師は
普通に暮らせるのは十月までだろうと告げた
来年の五月までは生きられるはずだったが
年内もあやしくなった

新幹線の車窓から
田圃の緑がまぶしい
すこし黄色がかって
やわらかくひろがる
みちのくの実り
芭蕉やお伊勢参りの人々がゆっくりたどった路を
すばやく過ぎてゆく

おまえのいのちのように
きれいな風景は
ゆっくりとたどるのがよい

海

時の流れは
海のようだ
はるばると
果てしない
まぶしくきらめく海
鉛色に沈んだ海

青の帯
緑の帯
銀の帯
遠くで空をのみこんでいる水平線
結ばれたその日から
ここまでつづく
寄り添うふたつの水脈

波は歌う
鷗が舞い
イルカが飛び跳ねた
あれらの日々を
おまえのいのちが消えることは
太陽が沈むこと
海に雪が降り続けること

花の咲く野原

花の咲く野原が続いていた
やわらかな風にそよぎ
ときには雨に濡れ
水玉に空を映し
雨上がりには
茎の根本まで差し込む光に
うらうらとあたためられ
夜には満天の星と語らった

ああ　けれど
野原の果ては
断崖であった

花はそこで途絶え
草はそこで途絶え
おまえはそこで
ふいに消える

断崖に落ちてゆくのではない
ふいに
消える
野の花であるおまえ

赤い空

赤い空
雲のうしろの赤い空
山にむかって濃くなる赤い空
その空の下に
わたしたちの家がある
おまえが
ひとりで横たわる家
おまえも
ベッドから眺めているだろうか
赤い空

おまえのいのちが流れてゆく赤い空
ほっそりと小枝みたいになった
おまえのいのちが流れてゆく赤い空
雲はしだいに黒ずみ
空はいよいよ赤く
おまえは見ている
いのちが消える
おおいなる恐怖を
わたしは急ぐ
坂道を登る
ペダルが重い
日々
長くなる坂道
空はいよいよ赤く
山の上の黒い旗は
うねりながらはためいている

鹿

木洩れ日がうすくゆらめくなか
足どりはおそく
影が顔をくらくしている
どんなにつくろっても
おまえは
日ごとに弱まっている
そのことがわかる

遠い谷から
おまえはやってきて
細い沢水の流れるところで
わたしと出合った
あれからいくたびもの季節をともにすごした
この地上で

ひとよ
いのちははかないなどと

言うなかれ
この道のつきる断崖にあって
いのちははかないなどと
言うなかれ

共に植えた桂の木は
まだまだ豊かに枝々を伸ばしているというのに
わたしたちはまだまだ
この先を思い描いていたのに
どうして運命は
おまえのいのちを奪おうとするのか

抗ガン剤投与をうけていた病院に別れを告げ
仙台で
あらたな医療を受けることになったおまえ
新幹線のホームにはベンチがなく
おまえはしゃがみこむ
膝を屈して立ち上がれない鹿のように

折りたたみ椅子

もうすこし
ゆっくり歩いて
そう　何度も言われる
草原を歩む鶴がたよりなげにみえるように
おまえの歩みは
日増しにあやうげになっている
(いっそ　その羽で
空を飛んだほうが楽なのか)

仙台駅の改札前フロアにはベンチがない
持って行った
折りたたみ椅子にすわらせて
わたしはそこを離れる
人々が行きかうなかに
ぽつんと
子ども用の折りたたみ椅子にすわって
おまえは休み

わたしを待つ
病んだ鶴のように

血液を採り
培養した溶液を体内に入れる療法のための
わずかなのぞみを賭けた旅
新幹線のホームも
ベンチは遠く
おまえは
折りたたみ椅子にすわる

飲み物を買いながら
振り返ると
けものたちが
砂塵をあげて行きかうなかに
一羽の鶴が羽を広げようと
身もだえていた

夜顔

おまえは
黄昏の庭先にすわっている
わたしの帰りを待っていたのか
残された陽射しあるひとときに
花を愛でたいからなのか
植栽用の小さな椅子にすわり
ぼんやり花たちを眺めている
そうしているとおまえ自身が
まるで夕顔のようだ
たそかれに
ほのぼの見つる花の夕顔

その言葉こそあまり使われないが
夜顔という花もある
瓜科の夕顔とは種類のことなる
やはり白い花

日が落ちて
なおおまえがそこにすわっていたら
夜顔になるのだろうか
そのようにして
いのちの陽射しが落ちてしまっても
おまえが妖しく咲いてくれたなら
どんなにか
わたしは
その花をいつくしむことだろう

最後の贈り物

楽しかったわ
おまえは
めずらしく
そんなふうに話し出した
ガンがわかってからは
運命を嘆く言葉ばかりだったのだが
秋の午後
室内に射す木洩れ日のなか
おまえは頭のうしろに両手をあてて
ソファにすわり
楽しかったわ
そう　語るのだった

英会話サークルでの出合い
ヨガ教室でのひととき
大学での講義
ずっと
絵を描くほかは
家庭の主婦だったおまえが
この数年
家を出て
それまで得られなかった
ふれあいが楽しく
たくさん教えられもしたと言う

その数年は
おそらく
卵巣に
不思議な種がすこしずつ育っていった
数年である

楽しかったわ
おまえは
最後の贈り物を
わたしに手渡していた

ひかり

こっちへ来て　と言う
くたびれたソファにすわると
たまらなく人恋しいの　と言う

庭のむこうから
山の端に近づいた陽射しが
まっすぐに
居間に差し込んでいる
隣家の納屋や木立にさえぎられ
幻燈のような一筋のひかり

室内は外よりはやく暗くなり
わたしたちは
寄り添ったまま
納屋の上のひかる玉を
ぼんやり眺めている
いきものみたいにふるえているひかりの玉である

静まり返った居間で
いのちが
間もなく消えてしまうことへの不安が
妻の体から
わたしの胸の奥深くへと流れ込む

そいつは
まっくらな影の玉

ふと
横の壁を見あげると
妻の描いた絵のなかの
こどもたちの
小さな顔だけに
消えかかる陽射しがあたっているのだった

愛の言葉

あなたはいいの
あなたにだけは気をつかわないの

知らせない
とは言っても
身内の者は見舞いにやってくる
するとおまえは
にわかにすっきりとした様子で
応対する
ほんの数分の演技

そのほかの時間
おまえは
なげき
ぼやき
ぼんやりとしている
声をかけると
この世のものとは思えない
虚ろな視線を向けることもある

あなたはいいの
あなたには遠慮なくするの

最後の日々
ついに小説や映画や

作家たちの随筆にあるような
甘い会話はなかった

あなたはいいの
ぼくは
それでいい

秋風

秋風が木の葉を揺らしている
葉っぱが枝からちぎれそうに揺れている

季節は足早に過ぎ
はやくも十月

おまえは
枝先にふるえる葉っぱをみつめている

時の鐘が
休むことなく鳴っている
かーん
かーん　と
時報を越えて鳴り続けている

もう　階段をおりるのもつらい　と言う
寝室の窓では
葉叢《はむら》が大きく揺れ
伸びた枝先が
時たま
窓にふれる

秋風よ
おまえを連れ去ろうとしているものよ
その梢の先に
消えてはくれないか

時の鐘が

休むことなく鳴っている
かーん
かーん　と
絶え間なく鳴り続けている

美しい足

脚線の美しさに惚れていた
しばしば脚を撫でさすった
人間だから
男と女だから

ガンがいきおいを増し
脚は少しずつやせ細っていった
それでも妻は
二本の脚で歩いた
数歩あゆんでは
わたしにつかまったり
しゃがみこむようになった
それでも歩いた

けれど昨日の夜
妻の足は
むっくりとふくらんでいた
見たことのない太った足である

ほっそりしたパンプスの数々は
もうみんな入らない
その足で
どうして歩くのか

わたしは足をちょいとつついた
妻は苦笑いした
人間なのに
男と女なのに

白鳥

緩和病棟《ホスピス》の窓からは
刈り取られた田圃の向こうに
岩木山がすっきりと見える
いい景色ね
その言葉だけが
かすかに明るい

十月下旬
白鳥たちは
冬のすみかをさがし
家族のような数羽の群れで飛び交っている
鳴き声は
かれらの言葉のようだ
シベリアからの
はるかな旅を終えて
明るい言葉たち

緊急入院のあと
苦しくつらい日々
なにも食べられず
嘔吐をくりかえす
瀕死の白鳥がここにいる

おまえの絶望
おまえの苦しみ
弱りゆく気力
翼を撫ぜると
冷たい　と
おどろいた様子

病の白鳥が
ふたたび舞い立つ日を夢見て
閉じた翼を
そっと撫ぜる

同じ言葉

早朝　出社前に
まだ暗い病室にそっと入り
そっと手をにぎる

ぼんやり目覚めたおまえは
自転車で来たの？
と言う

春に入院していた病院は
家から近く
自転車で駅まで行く途中に立ち寄れた

今は
家から遠く離れた緩和病棟《ホスピス》
車で来たのだよ　と答える
そお　と気のない声

翌日　出社前に
またそっと病室を訪ねる

ぼんやり目覚めたおまえは
また
自転車で来たの？
と言う

半年前のあのころ
大学病院を訪ねた朝
おまえはうれしそうだった
治療の先に明日が信じられていた
わたしは若い恋人のようでもあった

今
喜びの泉も枯れ果てて
うれしかったその朝と
同じ言葉を
おまえは言うのだった

巣

小さな庭に
植えすぎた木が育ち
わたしたちは
森のなかに住んでいるようだ
光は枝先の木の葉にとまり
さらにいくつもの木の葉にとまっては
ようやくわたしたちのところに降りてくる
風は
さわさわと梢を揺らし
何か空と語り合っているようなのだが
葉っぱたちは
話の中身を教えない
そうしてわたしたちは
光のダンスをながめ
風の歌に耳をすまし
二人で生きてきた
まるで

森のなかの
一本の樹木にもうけた巣に暮らす
鳥のように
巣のなかは
ときに子育ての部屋であり
ときにおまえの仕事部屋であり
ときにわたしたちの
寝乱れたベッドであった
いま
おまえだけが
その心臓の鼓動を止めたら
この巣は
暗黒の
ただのうつろに成り果てる
光は遠く
風は冷たく
この巣は
暗黒の
ただのうつろに成り果てる

深夜

簡易ベッドは妻の右側
家にいるときと同じ
妻は口をあけて眠っている
口中に広がった
口内炎のために口を閉じられない

夜空を
白鳥が飛んでゆく

「おトイレ」
妻の小脇に右腕を入れて
体をぐっと持ち上げる
数歩はなれた
便器が遠い

終ったわよ
かぼそい声

しゃがんで
妻を抱えあげる
妻の重みを受け止めながら
横歩き
まだだよ
ベッドはまだだよ

白鳥は
去年おとずれた川に
その水のしとねに
着水した
家族とともに

あ

職員にマッサージの仕方を教わり
妻の体をもみほぐすことを始めた
足指から始めて

少しずつのぼってゆく
ゆっくり
強からず弱からず

気持ちいい？
気持ちいい

やせ細った体ではあったが
手のひらでもみこむと
やわらかい肉がそこにある
なんねんも
いくとせも
いつくしんできた体だ

洗濯板のようになった胸に
乳首だけは
変わりなく
葡萄のように突き出ている
病の前とは違う仕草で

口にふくむ

あ
とかすかに言う
上にすすみ
肩と首筋をもんでおわる

最後のマッサージは
亡くなる三日前
もうだいぶ弱っていて
簡単でいいから
と言う
そこで何かをはぶいたような気がするのだが
思い出せない
乳首ははずさなかった

流星ワゴン

妻の亡き骸を
兄のワゴン車に横たえて
夜の病院を出た
十一月にはめずらしい星空だった

ワゴン車は
国道を南下する
妻は目をうっすらあけ
かすかに歯をみせて
病室にいた時のように眠っている

ワゴン車はゆっくり走る
さっきまで生きていたいのちを乗せて
せわしなく追い越してゆく車のなかを
わたしたちの車だけが
流れるように走っている

そのとき見た
大きな流れ星が
ワゴン車の上からあらわれて
南の夜空に
流れてゆくのを

雪乃
あれは
おまえだった

雪乃
おまえは
一足はやく
わが家に帰ったのだね

病から解き放たれたおまえは
心はずませて
わたしたちの家に

帰った

夕鶴

妻は
中学三年のとき
木下順二の『夕鶴』のつうを演じた
背が高くほっそりした少女は
鶴の化身にぴったりであっただろう
どんなにか少女は
つうの語る言葉を
くりかえし
そのほそいのどに飲み込んだことだろう
言葉を追って一羽の鶴が
十四歳の少女にはいりこんだ

やがてつうは
おろかな亭主・与ひょうと結婚し
じぶんの羽根を抜き取って
美しい布を織った
与ひょうのしあわせも
こどもたちが暮らしていけるのも
みんなその美しい布のおかげであった
つうは
カタンコトンカタンコトン
カタンコトンカタンコトン
与ひょうからみえないところで
美しい布を織りつづけた

やがてつうは
やせほそり
空へ飛んでいった
空を飛ぶつうは
与ひょうが
なれない炊事を始めて
火事をだしたりしないかと
そんなことを心配して

啼きながら
空に
消えていった

話しかけても

歯磨きをしている
顔を洗っている
髪をかわかしている
話しかけてもきこえない

窓をあけて
椅子をよせて
掃除機をかけている
話しかけてもきこえない

おまえの仕草が
壁をへだてても二階にいてもわかっていた

どんなことをしているか
いつもわかっていた

どんな音楽よりも
しっくりなじんでいた
おまえのしていることのひとつひとつ
そのけはいのリズム

今は
しんと静かなのに
わたしの声はよく聴こえるはずなのに
話しかけてもこたえない

竹林

たえまなく
さらさらとうたう
たけばやしにかこまれた

ちいさないえで
わたしたちは
あたらしいせいかつをはじめた

ぬれえんにひかりがぬれていた
せんたくものをほしている
そのおなかに
ちいさないのちがやどっていた
したぎやわいしゃつが
たけのはむらのしたで
おしゃべりをしていた

うっそうとした
たけばやしはいつも
さやさやとうたっていた

ひとりのおとこと
ひとりのおんなの
たびじのはじまりだった

どちらかが
いつかしぬなんてこと
ほんきにはかんがえていなかった
ひとときもたえることのない
たけざさのなみのおとが
ふたりと
おなかのちいさないのちの
はてることのない
あしたであった

プラハ

ガンが発覚する一年前
プラハに行った
カレル橋のたもとのホテルであった
朝早く
二人で散歩に出た
日中は観光客であふれる橋も

人影がまばらであった
八十年ほど前
フランツ・カフカが
長い足で石畳を蹴りながら
この橋を毎日渡った
ほんとうは
カフカの足跡を訪ねる旅でもあったのだが
来てみると
そのことはどうでもよかった
遠いヨーロッパの町に妻といる
そのことがうれしかった
わたしたちは
公園のベンチに
映画の恋人たちのようにすわった
丘の上にある古城のベンチに
くたびれはててすわった
（そのころ既に妻の体力は落ちていた）
本屋で
妻の求めるヨゼフ・パレチェックの絵本をさがした

レストランでチェコ料理を食べた
（そのころ既に妻は肉料理を食べられなくなっていた）
一年後の病の宣告も
二年足らず先の死のことも知るよしもなく
千年の石づくりの建築が立ち並ぶ町で
ボヘミアの歴史も
ユダヤの詩人も
プラハの春もどこかへ行ってしまい
わたしたちは
写真を撮りあいながら
ほほえみあっていた
橋の先端にある
黒々とした塔の真上から
朝日がはいあがり
城をバックにした妻が
まぶしいから早くして
と言うのであった
モルダウの風が妻の髪にたわむれていた
橋の奥に

抱きあって口づけをしている二人がいたので
わたしは
その二人を構図に入れ込んだ
口づけする二人は
わたしたちそのものだったから
プラハ
いのちある妻との
うれしいうれしい旅

うぐいす

朝早くごみ捨て場に行くと
名前の知らないおばさんと出合う
いつもごみが散らからないように
片付けてくれている

おはようございます　と
笑顔が交わされる

おばさんが言う
お宅の庭にうぐいすが来てますね
きれいに鳴いてますね

そういえば
このごろ朝早くからさえずっている

あれ
奥さんですよ

わたしは不意をつかれた

うぐいすの里という民話があった
お話のおわりで
女は男を残し
うぐいすに変身して去ってゆくのだが
わが家では
うぐいすになって戻ってきた

枝から枝へ
葉陰から葉陰へ
澄んだ鳴き声が
うれしそうに庭を飛び回っている

おばさん
ありがとう

（『夕顔』二〇一三年思潮社刊）

詩集〈空の泉〉全篇

三月

波にうばわれた死者たちの岸辺をも
病に息絶えた人の庭をも
ひとしく三月があゆんでゆく
ゆらゆらとかげろうのように

足元で
水仙が
一枚の葉を持ちあげている
濡れた葉っぱは
亡き人のしたためた手紙

雪がとけてゆく北の野辺に
三月はたたずむ
じっと耳をすまして

かさり　と
まるでその音がきこえるように
またひとつ
朽ちた葉を持ちあげて
水仙がのびてゆく
死者のたましいと
生きている者のたましいをつなぐ
花たち

あたらしい道しるべのかたわらを
三月があゆんでゆく
やわらかな風に揺れる手紙を残して

三月の葉

薄いカスタネットのなきごえが
きこえる
山の残雪を背にして
風がブナの枝にまとわりついている
冬の前に
桂も銀杏もポプラもみな
すっかり葉を落としてしまったが
三月になっても
ブナだけに葉がついている
茶色い
からからに乾いた葉が数十枚
薄いカスタネットのなきごえ
すでに枝々には
あたらしい芽が生まれている
間もなく残党たちは
あたらしい芽に押し出されるように
枝から追いやられる
寒さに耐えたしぶとい葉群れが
今
やわらかな光のなかで
風と

最後の語らいを
最後の抱擁をしている
薄いカスタネットのなきごえ
風だって
つらい

噴水

小さな庭からはちきれそうだった
大木を伐った
あとに
地上すれすれの切り株が残った
薄茶色のあざやかな切り口である
三日たち
七日たち
十日たっても
しっとりと濡れている
土の中から水を吸いあげているのだろう

ある日
伐り口から
さあっと
水が吹きあがった
水は垂直にのぼり
かつての木の高さまでのぼり
青空にむかって
枝のように分かれて散った

そのように
人間の死後に
水がふきあがっているとしたらどうであろう
濡れた伐り口を眺めていると
あるはずのない
落葉が舞い落ちた

切り株の樹影

陽が射し
雪が溶け
あかるい木肌をみせる
切り株が
しめった切り口いっぱいに
空を吸い
澄んだ青色の木を伸ばしている
木が生きていた時間が
背伸びをして
手を伸ばし
空に触れようとしている
空に触れながら
わたしの頰にも触れる
ひんやりとした
時の手のひら
くちびるをかんだ
いくつかのことをしずめた手のひら

北国の遠い陽射しを
受け止める
あたたかい
時の手のひら
ほほえんだ
たくさんのことを包んだ手のひら
わたしは立ちつくし
空を仰ぐ
亡くなったものの
生きていた時間は
切り株の樹影のように
青々と
そよいでいる

林檎の花

桜が咲きおわると
つかの間のさみどりの幕間があり

林檎の花が咲きはじめる
思いがけず濃い桃色の莟
それもつかの間
林檎の花は
少女がおとなになるように
桃色を打ち消し
純白の花びらとなる
灰色の枝々をおおう
おびただしい白い蝶

そのようにあなたも
はやくに姉を亡くしたあと
桃色の少女期をへて
おとなの女になったのでした
白い花のような人でした
しばらくはこの世の人でありましたが
やがて姉のもとへゆきました

林檎の花は
たいらかな野づらから
山裾をせりあがり
丘をおおい
窪地をうめつくしている
せりあがりまた沈むこころの野づら

この大きな静けさはなんだろう
丈高い山がみおろしている
お前はその人が亡くなったあと
何をしているのだと問うている
白い蝶たちがふるえている
静けさは
無数の蝶の羽音が打ち消し合って生まれている
打ち消された言葉よ
純白な言葉よ

さざ波

田んぼに水が入れられ
たくさんの水鏡が津軽野にならぶ
水鏡は
流れる雲を映し
残雪の山を映し
空と語らっている

気がつくと水鏡に
あなたの顔が映っている
空にあなたがいるわけもなく
あなたは
水から浮かびあがっている

待ちかねた春だから
そんなことがあってもいい
あなたは生きていたころのまま
春のおとずれをよろこんでいる

やわらかい風が
水鏡にさざ波の刺繍をする
すばやい仕事だ
あなたはかき消える
水のなかに帰ったのだ

どこかで郭公が鳴いている
わたしも帰ろう
わたしの残された時間に
水鏡が
もう帰るの
と言っている
さざ波の言葉だ

花の季節

うらうらと

ひざしが土をあたためている
ながい雪のきせつがおわり
花たちがつぎからつぎへとさいている
なかでもいろとりどりなのは
チューリップ
ひざしをうけてつややかに
すっかりはなびらひらいて
なかにすわっている
ちいさなおひめさまもみえている
うれしいはずなのに
じっとながめていると
なみだがあふれ
さいたさいた
あか　しろ　きいろ

はなやかな
花たちをながめ
雪ふるひびには
ながれなかったなみだ

うるわしい花たちよ
なかにすわっているのは
おひめさまではなかった

地中の球根のように
わたしのなかに
うずくまっているものよ
雪のきせつがおわり
さいたさいた
あか　しろ　きいろ
まぶしいきせつがやってきた

ロッキングチェア

まだ二十代だったころの
おまえのアパートにあったロッキングチェア
六畳間に不似合いだった大きな椅子
ぜいたくを嫌ったおまえの

ただひとつの嫁入り道具となった椅子
東京から津軽へと
いくたびもの引越しをへて
今も我が家の居間にある
高い背もたれに
おまえのカーディガンがかかったままの
楢の木でつくられた
かたく丈夫な飴色の椅子
今
そこにすわる人はいない
西日をうけても
黒ずんだ肘掛はほのぐらく
そこにはただ
ゆったりとした沈黙がすわっている
沈黙が
手編みをしたり
本を読んだり
ときおり
庭をながめたりしている

沈黙とはだまっていることではない
沈黙とは
そこにあること
そこにいること
誰もいない椅子を
かすかにゆらすもの

初夏の川

青空をかきまわす若葉のしたで
川をみつめている男がいる
雪どけの水をあつめて
流れははやい
川はひとつの川なのに
水は別々のいきもののように駆けている
銀色の飴のようにひかって
前をゆくものをおいこし
岩をのりこえてゆくもの

ふいに小さな滝つぼにきえてしまうもの
まがりかどの淵で
ゆったりとやすんでいるもの
川のなかほどをまっすぐにすすんでいるもの
男は川をみつめてうごかない
うしろすがたの無防備さは
まるで川べりの草のようだ
男は川にじぶんをみているのだ
あるときは
ひとをおいこし
あるときは
すがたをかくし
あるときは
のんびりしすぎたが
まんなかをまっすぐにすすんだことはなかった
とりたててそのように考えたわけでもなく
ただ無心にみつめている
男からは
岩にさかれてわかれた水と水が
やがてまたひとつにとけあうのがみえている

木香薔薇

六月
裏木戸をおおうように
黄色い花がたくさん咲いている
鞭のようにのびた蔓から
あふれこぼれる
ちいさな八重の花
長い間それが薔薇だとは知らなかった
木香薔薇って言うのよ　と
初夏のやわらかい声
木が香る薔薇
実際には匂わないのだが
たしかに
木と花が香っている
嗅覚にではなく

こころに香っている
花がおわると
古い幹からのびた蔓が
幾本も路上へと垂れさがる
それが気になって切りすぎたせいか
育てた主が亡くなったせいか
二年つづけて花をつけなかった
それが今年の六月
また　黄色い八重の花が咲き乱れている
死者の匂い
ほのぐらい言葉だが
亡くなった者が香る
ということもあるのである
実にあかるく
まぶしく
さわやかに

あすちるべ

この匂い　なにかににてる
うん　なんだろう

六月の庭にさいている
ほわほわとけもののしっぽみたいな
うすももいろの花
（いまもそこにいるのか）

ざっそうをぬくゆとりもなく
みどりがこみあっている庭に
ゆらゆらうかぶほのおみたいな
うすももいろの花
（そこにしゃがんでいるのはだれか）

ひしゃくの柄をつたい
アークトゥルスからスピカへと
ちいさなきらめきが

したたりおちてゆく六月の夜
ほしぞらからわが庭へと
おりたったものがいる

この匂い　あの匂いよ
えっ　あの匂い
そう　あの匂いよ

そのとき
夜気がゆらぎ
うすももいろの花が
わたしのほおをなぜたのだ
(もしかしていまわらったか)

空を見あげて

バス停で空を見あげていたら
頭上の積雲があちらに流れ
その上の高層雲が逆の方向に流れている
何か急ぎの用事でもあるかのように
北と南へ流れてゆく

同じ頭上の空でも
ひとつの空ではない
積雲と高層雲は
手をふりあっているだろうか
知らんぷりだろうか

そのまた上の
青空に
一枚の羽根が
浮かんでいて
これは動かない
薄っぺらだが
依怙地なやつである

風の接線

梢の先で
風を見る
ひとつの風
もうひとつの風
風の接線が見える
どちらの風をえらぼうか

流れに浮かぶせつなのよろこび
早瀬にあらがうはばたき
風は
わたしを誘い
わたしをうちのめす

ひとつの風から
ひとつの風へと
移り　また移り
わたしは上昇してゆく

空へ

空の青さにそまりながら
生きるよろこびよりは
つみのくるしさにとらわれ
はばたくのはなぜか

風の接線にふれるとき
わたしは身もだえ
あがき
いつか見た
おだやかな
あなたのはばたきを想う

毛状絹雲

羊雲には
羊が群れている

鰯雲には
鰯が群れている

羊も鰯も
しだいに小さくなり
もっと高みで
波状絹雲になり
空には
白い波

その波も消え
残るは
毛状絹雲ばかり
しゅるりと
白い髪のひとたばが
青空に舞っている

消えていった

羊
鰯
波
たいせつな人たち

残るは
白い毛状絹雲の
ひとすじの
かがやき

バケツ雲

ある日の夕暮れ
大きな雲を見た
バケツのような
白い浮輪を重ねたような
屋根のすぐ上から遥かな高みへとふくらむ
奇妙な雲である

通りかかった散歩中の婦人が
あれ　と
おどろいて指差すので
あ　と
見あげて
啞然としたのだ
そのまま二人で
雲の全体を見ようと
町角の公園に移動する

遠く山のほうには
オレンジ色に光る餅のような雲が
山頂近くにあって
頭上の白いバケツも
山側だけがてらてらとあかく光っている

つかのま
空の上から
大きな雲の下に
点のように立っているわたしが見えた
じつに
その時わたしはひとりの少年であった

気がつくと
散歩中の婦人はいなくなっていた
魔法使いはわたしを
ちいさな少年にして立ち去った

花火

ぽうん　とかそかな音がする
あら　花火ね
ああ　ここからもみえるんだね

二階の窓からみえた
遠い川原でうちあげている花火

あかい火　あおい火　きいろい火
しゅう　ぽうん
ときの闇にあらわれる
いのちの火花

おまえが亡くなってから
二回目の夏
しずまりかえった寝室にとどく
遠い花火の音
しっこくの夜空に咲きちる火の花たち

目をとじれば
まみえる
となりにたっているおまえ
川原までいかなくてもみえるのね
ああ　ここからもみえるんだね
あれからずっと

闇にとけてゆく火の花のように
おまえのいのちの火花が
わたしのうえに
ふりそそいでいる

葉影

庭の木では見られない
公園でもあまり見られない
ブナの森ではよく見かける
灰色の木肌がすべすべしているからだろう
針葉樹の松や杉では葉が細い
広葉樹でも木肌が罅割れていては映らない
葉がまるみを帯びていて
木が近くに並んでいて
木肌がすべすべしていること
それが条件だ
なまめかしい素肌に

葉っぱの影が
くっきりと映っている
その木自身の葉群れであることもあるが
近くに寄り添う木があれば
太陽の傾きぐあいで
葉のかたちそのままに映る確率はふえる

山を歩いていると
木肌に映った葉のかたちが
あまりにもくっきりとしているのではっとする
風が吹き
葉の影が揺れると
シルエットの舞踏だ
緑の葉群れの揺らぎよりも
影の揺らぎに見とれる

人間の姿も
亡くなった人の影があざやかに
揺らいで見えることがある

わたしという木に
あなたの葉影が
いつかあなたの木に
わたしの葉影が

葉簇《はむら》

庭はすでにくらく
くろぐろとした葉簇のすきまに
あかい夕焼けが
低い雲と家々の屋根のあいだにのぞいている
おわろうとしている一日のむこうに
あかあかと
たなびいている夕焼け
去りゆくものは
犬の啼き声のように澄んでいる

気がつくと
まっくろに思えた葉簇が
うっすらとみどりに
ところによっては金色にひかっている

この家の灯りが
照らしていたのだ
遠いわずかな夕焼けに
気をとられて
この家が照らしているものに
気づかなかった

不意に
葉簇になにかが飛びこんだ音がする
庭の木をねぐらにしている鳥が
葉簇のなかに帰ってきたようだ

そこに暮らしている
わたしの気づかない灯りを頼りに
帰ってくるものがある

フランス窓

鳥が高く鳴いたあとの
取り残された静けさ

かさこそと
かわいた葉を踏みしめてくる気配

立ち止まり
透けた梢を見あげている人

ふりかえり
木の階段をあがってくる人

フランス窓は
外から近づくとき　扉であり

中からながめているとき　窓である
扉であり窓であるものをすり抜ける
椅子が待っている

その人は

日がかたむいて
フランス窓を通した
映写機のような光が
その人の姿を浮かびあがらせる

わたしの中の
閉じられた扉
開かれた窓

あの秋から

カツラの黄色い葉が甘やかに匂い
葉かげの葡萄が熟して香る
また秋がやって来たのだ

雲たちがのぞきこんでいる
湿原の池の鏡
獣の毛のようにそよぐワタスゲ
傾いた陽射しが枯草を黄金に染めている秋

あなたが亡くなった秋
その秋と同じように
彼方からの白鳥が
空を青く染めている

あの秋から
空が広くなった
あの秋から
梢が高くなった
あの秋から
枯れてゆくものたちの匂いが濃くなった

いま
森も町も田畑も色づき匂いたち
子どもたちは
影をつれて走りまわっている

今年もわたしの秋に
枯葉を踏む人の足音が近づいて来る
共に木の実をひろうために

松ぼっくり

松ぼっくりをひろう
笠のひとつひとつが厚いものも
うっすらしたものもある
かつては梢の高みにあったものたち
ときには
子どもにけとばされて
遠くまでころがってゆく
笠のひらいたもの
笠のとじたもの
それぞれの日々

松ぼっくりの
笠のとじたものは
内部に水をふくんでいる
大地に落ちても
湿地であれば
ずっと水をふくんでいる

松ぼっくりは
妖精の羽根のような種子《たね》をかくしている
種子は
笠が乾き　ひらかれてゆくとき
風に手をとられ
妖精のように飛んでゆく

乾いて
ひらかれて
枯れた茶色い針の葉の寝床に
横たわる
松ぼっくり
その身にかくまっていた
妖精も失って
もとの住処《すみか》を見あげている

初冬のポプラ

ポプラの大木が落葉し
青空に細い枝々の網目をつくり
てっぺんに一枚の葉っぱがふるえている

あの　端のかがられていない網目が
わたしのなかにもある
からだの芯から生えて

長い間はびこっている網目
今は　豊かな葉っぱの衣を失い
一枚の葉っぱだけが
大きな風のなかで
ちらちらふるえ
ひかったり　かげったりしている
木の下では
鴨たちが池の水面にうかんでいる
ここよりも　もっと北からやってきた鴨たち
彼らはいつも
ポプラの葉っぱが落ちたころ
池に群れている
そうしてみれば　あの
てっぺんで
ちらちらふるえている葉っぱは
何かの目印なのかもしれない

枝々の網目の先端で
風にふるえている

最後の葉っぱ
ひかったり　かげったり

わたしのなかでも
かがられていない網目の先端で
ちいさな旗が
ふるえている

ガザニア

雪がいくたびか降っては消え
まだ積もってはいない年の終わり
庭で最後まで咲いていたガザニアが
あざやかな橙色のまま
地に伏している

今年も一年が暮れようとしている
チルチルとミチルにとっては
青い鳥をさがし歩いたのは
一年にわたる長旅であったのに
目ざめると一夜しか過ぎておらず
ふたりは幼い子どものままであった

幼い二人とちがい
わたしは親元を離れてから
五十年余りは行ったり来たりしている
これまでの惑いの年月を足してみると
わたしは今いくつになるのだろうか

ガザニアを掘りだし
鉢に植え替え室内で育てたら
また蘇るのではないだろうか
そんなことを思い描いていたら
雪片《ひら》がどこからともなくあらわれ
橙色のまま横たわった花に
まるで死者の顔をおおう白布のように
舞い降りた

青い鳥は飛び去り
チルチルが
鳥がみつかったら教えて　と呼びかけている
ガザニアの橙色のまわりでは
雪狼が雪を散らしている

太古の朝にやって来る人

家々の屋根は真綿にふくらみ
樹木の枝には雪の花が咲き
氷柱《つらら》は音たてて光っている
道も家も境目がなく
町は消えて
白一色の野原であり林である

ふと
これらの家々がなかった

太古の冬を思う
丘のむこうに川があり
川のむこうに山がある
やはり
樹木は雪の花を咲かせ
川はくろぐろと艶めいて流れている
ただ一面の雪の大地

そのむこうから
点のようにあらわれ
歩いてくる人影がある
近づいてくるその人は
誰だろう

家なんか一軒もなかったそんな時代に
わたしに向かって
歩んでくるのは
誰だろう

すこし
はずかしげにほほえんで
近づいてくるのは
誰だろう

停止した列車

豪雪の冬にはときたまあることなのだが
駅と駅の途中で列車が停止し
おぼろに降り続く雪が
野原と列車をおおっている
もしかしたら
列車は場所と場所の中間ではなく
時と時のはざまで停止したのかもしれない
窓をうかがっていたら　雪原に
あなたが現れわたしを手招きしている
手動の扉から飛び降り雪原に歩み出ると
あなたは手袋を脱いでわたしの手を握った
ほっそりした指先から
ほんわりとひかりがふくらんだ
冷えた大気の中で温《ぬく》いひかりなのであった
なつかしい幻燈のような瞳であった
風にうながされて見上げると
重なりあった雪の気圏がほころびて
小さな青空がのぞいていた
大いなるもののまなざしのようであった
その青いまなざしにうながされるように
列車の連結部がきしんだとき
あなたがその赤い貝のような唇をひらいた
一緒に……と言おうとしたのだろうか
ひとりで……と言おうとしたのだろうか
歳月が降る雪のように過ぎようとも
答えを得られないわたしに
小さな青空は空の奥処にあり
列車は停止したままである

思案

わが家の前に見なれない鳥がいる
門柱の横の雪壁の上
黒々と紡錘形の体から細い首
黄色っぽいくちばし
サワラの垣根ごしにじっとわが家を見つめている
どうやら　鵜　らしい
カワウ　らしい
近年まで青森県が北限であったという
川や湖に暮らすとのこと
はて
ここは雪にうもれた町の中
冬季には南下する生物らしいが
はて
ここは道も　児童公園も　庭も　雪の山
バサリと雪壁から降りたカワウは
門柱の下から
首を長くのばして中をのぞきこみ
やがて歩き出す
ペタペタと雪道を移動する黒い水かき
立ち去るのかと思ったら
羽をバサバサ広げ
また背丈より高い雪壁に上がり
首をのばして垣根のむこうの窓を見つめている
まちがいなく
彼女は
思案
しているのである
みずからの現状とこの家について

雪のしじま

雪が木の枝に
白い房を垂らしている
ときおり
屋根から雪がひとかたまり

音たてて滑り落ちる

雪煙のむこうに遠い日の歓声
なにげない　日々のやりとり
人が亡くなることなど　ひとかけらも
考えていなかった　あれらの日々
雪玉は空に溶けていった

静けさのなかに
詰められた　叫び
うずくまる　ささやき
（なに？　なんて言ったの？）
（だれ？　ああ　わかる　わかるよ）
それなのにきこえなかったふりをして
なにもかもがじっとしている
雪面の結晶もまた
だまってかがやいている

生きてたんだよ

ずっとずっと　この前まで
きみの窓も
あなたの屋根も
白くかすみ
ひとがたのような雪たちは
身じろぎをしない

この静けさにみなぎる
精霊みたいな沈黙よしじまよ
生きてたんだよ

雪の裂け目

黙々と雪かきをしていたら
スコップが切った雪の中に
小さな裂け目があり
そこだけが青い
水色と藤色の中間くらいのほの明るい青

空の色を映しているのかと見あげても
灰色の雪空
裂け目のほかは真っ白な雪
裂け目の雪肌が青いのではなく
裂け目の空間が青い

あなたの中にも
小さな裂け目があり
あなたの色ではない
けれど　あなたが生み出した
秘密の色を湛えていて
その色をごくまれに
見せてくれることがある

雪におおわれた町は
物音を吸い込んで静かだ
わたしは積もった雪に
スコップを入れる

黙々とつづけていると
不意に青い裂け目があらわれ
空洞から
ここよ
ここにいるのよ
あなたもいらっしゃいと
声がする

空の泉

あの秋の暮れ
全身から
いのちの小人たちが火の粉のように
空に昇っていったのだから

今　たましいは
この無数に降りしきる雪にのって
舞い降りているのだろう

まるで湧きでるようね
降りしきる雪を見あげながら
おまえはよくそう言った

今　おまえのたましいも
湧きでている
泉のように
わたしに向かって
子どもらに向かって

そのようにしてたましいは
何百年も
何千年も
わたしが消えても
子どもらが消えても
舞い降りつづける
ふり仰ぐ頭上に
たましいの泉があり
わたしは
湧きでるものに
のどをうるおしている

雪

ひとつまたひとつと　星のように
あとからあとから　絶え間なく
くるくると　落葉のように
ふわふわと　羽根のように
雪かきをして　疲れて
シャベルにもたれかかり
全身を空に包まれた
山頂の登山者のように
岩のかけらになりながら
湧いてくるあなたを想っている

（『空の泉』二〇二〇年思潮社刊）

童話

ブナの根開《ねあ》け

もう四月だというのに、山にはまだ雪がつもっていて、すそ野の村のあたりも車が通る道のほかは真っ白だった。

そらおは、おばあちゃんの家から、森の近くの野原をじぶんのうちに向かって歩いていた。おばあちゃんの編んだセーターを病気で寝ているおかあさんに持って帰るところだ。

雪のない季節には車も通る道を歩いて行く。それは遠回りになるけれど、あたりの野原は、ごわごわした熊笹や背丈の高いススキにさえぎられているから仕方がない。けれども、雪がつもってしばらくして二月ごろになるとどこでも歩いて行ける。とくに春先、雪がかたくなってからは、子どもの体重ならひょいひょいと雪の上をどこだって歩いて行けるのだ。

だから、このときそらおは、ふだんは道でないところを歩いていた。近道のつもりだったが、早く帰りたいという気持ちよりは、好き勝手に歩けることを楽しんでいたのだ。すぐ近くに大きな木があちらこちらにある。ほとんどがブナの木だ。

「おーい、ブナさん、こんにちは。今日はいい天気だね」

そらおは、そんなふうに呼びかけながら、かたい雪の上をはねるように歩いていた。

そんな午後の、木立ちがまばらに立っている明るい林のなかでそらおは、雪面《せつめん》に生えているブナの根もとがまるくぽっかりと雪がとけているのに気がついた。ぽっかりぽっかり、まるくお椀のようになっていて、木の根元に黒い土がのぞいている。

「ああ、おとうさんが、〝ブナの根開《ねあ》け〟って教えてくれたやつだ」

晴れた日に、おひさまであたためられたブナのぬくもりと春先の雨がつたい落ちていくために、ブナの根もとだけ雪どけが早い。根もとから雪が開いていくから、〝ブナの根開け〟だ。

そのお椀型が面白いのと、底に半年ぶりの土が見えていることに惹かれて、そらおは、ひょいとそのブナの根もとに飛びおりた。足元には、去年の落葉が顔を出していた。ひさしぶりの土だ、葉っぱだ。そらおは、トントンと足踏みをした。トントンツンツンフッカフカ。

それから顔をあげると、案外、雪が深いのにおどろいた。そらおの肩の高さくらいまで雪がある。まるで秘密基地みたいだと思った。

見あげると、ブナの木が空に向かって枝をひろげていた。何枚か、冬をこえても落ちなかった葉っぱが残っている。灰色の木肌には緑色のこけのようなものがついている。真下から見あげると、ブナって、どっしりとしていてカッコイイなぁ、そらおはそう思った。

そらおは、その太いブナの幹に頬をよせてみた。ほんのりあたたかかった。

そらおは、おかあさんがよく言っていた言葉を思い出した。

「こうして木から精をもらうの」

そらおのおかあさんはそう言って、よく木に抱きついていた。

「精ってなぁに」

「エネルギーってことよ」

「そうか、木に抱きつくとパワーアップするんだね」

「そうよ」

そらおは、ブナに手をまわしてみた。シーン、と森の静けさが雪原にも広がっていた。

そのころ、空のずっと高いところで、冬の魔女がその様子を見ていた。

「おや、ちょうどいい獲物《えもの》がいるね。ことしはあいつをいただいて店じまいとするかね」

冬の魔女は、手に持っていた氷柱《つらら》のようにきらきら光る杖をさっと一振りした。すると、見る見るまに空がかきくもった。そして、雪が降り始めた。

「あれ？　雪だ」

そらおはいぶかしそうに、空を見あげた。それでも、その秘密基地が気に入ってブナによりかかって降ってくる雪を眺めていた。ところが、雪はあっというまに吹雪になった。ピュウピュウ、横なぐりに吹きつけ始めたのだ。そらおの顔の高さに見えていた雪原《せつげん》も立木がかき消えてただ真っ白になってしまい、やがて、どこからが地上なのか境目《さかいめ》がわからなくなってしまった。

「たいへんだ」

そらおは、天候のただならない変化を知った。一瞬ここを出よう、と思ったが思いとどまった。

おとうさんが言っていたことを思い出したのだ。

「山で天気が急にわるくなったら、そこをうごくな」

道も見えないのに歩き出すと遭難《そうなん》するというのだ。ここは奥深い山のなかではないけれど、道が見えない。もともとそらおは夏には見えている道をだいぶはずれて歩いていた。

じっとしていよう、そうしているうちに雪もやむさ、そうそらおは考えた。

ところが、雪はますます激しさを増し、おまけに気温がぐんぐん冷えてきた。

空の高みでは冬の魔女が、フフフとほくそえんでいた。

「どうだい、わたしのこわさがわかったかい。まだ冬だっていうのに道をはずれて歩こうなんて考えをおこすから、そういうことになるのさ」

そう言って、また氷柱のような銀色の杖を何度も振った。

たちまち空気が冷凍庫のなかにいるように冷えてきて、そらおはブルブルふるえた。何しろ出かけたときはあたたかかったから、いつもしているマフラーも手袋もしていない。

そのとき、声がきこえた。おかあさんだ。

「そらお、おばあちゃんの編んだセーターを着るのよ」

そうだ、それがあった。そらおは、かじかむ手で、包みをあけてセーターを取り出した。それは、おばあちゃんが「これはアラン編みセーターって言うんだよ」と言っていた、太い毛で編まれた分厚い大きな赤いセーターだった。そらおが着てみると、もともと大人用だから、ひざぐらいまですっぽりくるまれた。その上に、いつも着ているフードつきのヤッケを着たら、ヤッケがはちきれそうだった。

これでだいぶあたたかくなったはずなのに、雪は嵐のように、なんだかそらおのまわりだけに集中的に降っているように思えた。そうして空気は冷たく氷の棘《とげ》みたいにとげとげしくなっていった。

「アラン編みのセーターなんて、こしゃくな。そのセーターごと、おまえのいのちをいただいてしまうよ」

冬の魔女はそう言って、氷柱のように光る杖を剣のように振り回した。


ブナの根もとでブルブルふるえながら、そらおは、だんだん眠くなってきた。

その時、また、おかあさんの声がきこえた。

「眠っちゃだめ、眠っちゃだめよ」

そらおははっとして、目をあけた。

「今、おかあさんがそこへ行くからね」

「えっ、おかあさん、うちで寝ているんでしょ」

「大丈夫、今、すぐにそこへ行くからね」

〝ブナの根開け〟も、わずかな時間にたくさん降った雪で、すっかりどんぶりに雪を盛りつけたようになってしまい、そらおはそのなかにうもれかかっていた。


そのとき、ブナの木のなかから声がきこえた。

「そらお、ここよ、ここ、ここ」

そらおは寒さにふるえながら、ブナの木を見つめた。そして、声のする方にいざりよって行った。

すると、木の裏側に洞穴《ほらあな》があった。あれ？　と思いながらなかをのぞくとそこにはなんとお母さんがすわっていた。

「そらお、ここにおいで」

そらおはびっくりして、おかあさんの膝の上にとびこんだ。

「おかあさん、どうしたの？　どうして来れたの」

「あのね、おかあさんには、誰にも内緒の秘密のルートがあるのよ」

「えっ、おとうさんにも内緒？」

「そうよ、これは、子どもが大変な目にあっているときだけ使える秘密のルートなの」

「ふ〜ん、すごいなぁ。でも、よかった。急にものすごい吹雪になってしまうんだもの」

「あんたもいけないのよ。道がないところをとことこ歩いているんだもの」

「なんだ、ばれてたの。へへへ」

「さあ、あったまって。まぁ、お手てがこんなに冷たい」

そう言って、おかあさんは、そらおの手をさすってあたためてやり、抱きよせた。

おかあさんの甘いにおいにつつまれ、そらおは、また眠くなってきた。でも、今度は安心だ。おかあさんがいるのだから。

「ねぇ、そらお。もし、おかあさんが死んだら、この木のところにおいで。きっとおかあさんに会えるから」

そんなふうにおかあさんがしゃべっていたけれど、そらおはうとうとし始めていた。

いつしか洞穴の外は、暗くなってきていた。夜がやってきたのだ。

そのころ、空の上では、冬の魔女がくやしそうに叫んでいた。

「おや、あの子が消えてしまったよ。どこに行ったのだろう」

ヒューヒュー、吹いている風がこたえた。

「知りませんね、突然、ふっと消えてしまいましたよ。もしかしたら、木の精が助けたのかもしれませんよ」

「木の精？　それはいまいましい。あとすこしだったのに。しょうがない、今年の冬はこれで店じまいにするとしようか」

冬の魔女は、氷柱のような光る杖を空に向けて振ると、北の空に向かって飛んで行った。

そらおは、いつしか眠りこんでいた。

「そらおー、そらおー」

遠くから、おとうさんの声がした。

「あ、おとうさんの声だ」

「あれ？　おかあさんがいない」

目をさましながら、あたりを見ると、木の洞穴のなかには自分ひとりだった。そこにすわっていたはずのおかあさんのすがたはなく、そらおはおばあちゃんの編んでくれた赤いセーターを着たすがただった。洞穴のなかは誰かがあたためてくれたようにほんわりあったたかかった。

外はもう明るくなっていた。鳥たちの鳴き声もきこえる。


「そらおー、そらおー」

「おとうさん、おとうさん、ここだよ」

そらおは大きな声で叫んだ。

間もなくおとうさんが近づいてきた。

「なんだ、こんなところにいたのか。うん、ここなら、吹雪でもなんとかなるな」

そう言いながら、おとうさんは、どしんと雪煙りをあげながら、ブナの〝根開け〟の底にとびおり、洞穴をのぞきこんだ。

「あのね、おとうさん、おかあさんが助けてくれたんだよ」

おとうさんの顔がくもった。

「おかあさんが?」

「うん、おかあさんがここにいたんだよ」


おとうさんは、すこしそらおの顔を見つめてから、決心したように言った。

「そらお、じつは、おかあさんは、夕べ、なくなったんだよ」

そらおは、はじめ、きょとんとして、それから顔をくしゃくしゃにして泣き出した。おとうさんは、そらおを抱きしめようとしたけれど、洞穴の入り口が小さくて入れない。そのとき、おとうさんは見た。洞穴のなかの入り口近くに、黄色いクロッカスの花が咲いているのを。それはさしこんだ朝日をうけて金色の宝石のようにかがやいていた。

「そらお、今年最初の花だよ」

そらおは、泣きじゃくりながら、花を見つめた。そらおには、なんだか、その小さな金色の花がおかあさんのように思えた。


（「歴程」六〇〇号、二〇一六年十一月刊）

評論

川崎洋論

川崎洋は、一九三〇（昭和五）年、東京・大森に生まれ、中学時代から七年を福岡県八女郡と久留米市に過ごし、戦後、横須賀市に住み、そこで結婚し亡くなるまで横須賀の人であった。その経歴からたどる詩作の履歴も興味深いものがあるが、まず、その詩に触れよう。一九五五（昭和三十）年、第一詩集『はくちょう』から「はくちょう」。

はねが　ぬれるよ　はくちょう
みつめれば
くだかれそうになりながら
かすかに　はねのおとが

ゆめにぬれるよ　はくちょう
たれのゆめに　みられている？

そして　みちてきては　したたりおち
そのかげ　が　はねにさしこむように
さまざま　はなしかけてくる　ほし

かげは　あおいそらに　うつると
しろい　いろになる？

うまれたときから　ひみつをしっている
はくちょう　は　やがて
ひかり　の　もようのなかに
におう　あさひの　そむ　なかに
そらへ

すでに　かたち　が　あたえられ
それは
はじらい　の　ために　しろい　はくちょう
もうすこしで
しきさい　に　なってしまいそうで

はくちょうよ

解釈することがむなしくなるような詩である。ただただ、読んだその心に快いため息が生まれる、そんな詩。ぬれる、という言葉が日本語の意味合いを最大限に生かして使われている。水に濡れているという物理的な意味はきっかけにしか過ぎない。もっと大きなスピリチュアルな意味合いで「ぬれる」という言葉が使われている。「ゆめにぬれるよ　はくちょう」と書かれた白鳥はすでにそれを読んだ人の心の中に存在させられた象徴的な何かに昇華している。「たれのゆめに」、そう、世界に遍在する「ゆめみるひと」の夢に包まれている。作者もまた、読者もまた、「ゆめみるひと」の一人である。詩は行をあけていながら、前の言葉とオーバーラップしながらすすんでゆく。「みちてきては　したたりおち」という表現には、ゆめが主格として生き残っており、「ぬれる」という状態も生き残っている。それらの言葉から離れながら次なる言葉の岸辺へとすすむ。詩の初めの言葉、前にある言葉を溶かしこみながらすすんでいる。かすかな陰影であろう白鳥の羽の重なりに話し掛けているのは星であるという。美しいきらめきの印象がここに刻まれている。次の「かげ」と「しろい　いろ」の転位もあざやかだ。詩は終章に向かって動き出している。そして、はくちょうは空へはばたく。ただ、行ってしまうのではない。「ひみつをしっている」存在として遠くへはばたく。ここでは「におう」の使い方が見事だ。万葉集以来の日本語の伝統が現代詩の中に鮮やかにとりこまれている。山桜もにおえば、桃の花も匂う。さらに言えば、ここでは草花の形容として使われた「におう」よりは、「筑紫《つくし》なるにおう子ゆゑに陸奥のかとりおとめの結ひし紐とく」と万葉集にあるような、生き生きとした美しさが溢れている様子としての「におう」の使い方に近い。生き生きと光を放つ朝日の空へ、白鳥ははばたいてゆくのである。

飛ぶことによって白鳥は白鳥らしい優美なかたちをもつ。しかし、作者は雄渾には歌い上げない。「はじらいのために　しろい」と表現の音程を鎮める。そして、きわめつけの言葉が待っている。「もうすこしで／しきさ

い　に　なってしまいそうで」。ここで使われている色彩はなんだろう。答はない。しいて言うならば、白いことによって強烈である白鳥が白さをも超えて、そして動物としての存在をこえて、それらの言葉の位相を超えたものになってゆくということだろう。はくちょうよ、という溜息にも似た最後の一行は人の心の奥底に眠る「せつない感情」が白鳥に同化しきったそのエクスタシーにも似た一行なのだ。

　この詩はすべてひらがなで書かれている。象形文字である漢字はその文字特有の意味をもち、同時に視覚的にも形の感じや近似した文字の印象などを呼び込んだりして訴えてくる。それに対してひらがなは、そうした文字の意味性や形の放つ雰囲気などを排除し、言葉だけで立とうとしている。ひらがなは、象形文字としての装いを捨てた分、より、作者の生身の人肌に近づいている。厚着ではなく薄衣をまとった肉感性がそこにある。そこから放たれるのは作者の感覚が匂い立つ世界だ。だから、視覚的という以前に感覚的に対象の本質に迫るのがひらがなの特性ではないだろうか。そのようにひらがなで書かれたこの作品は、漢字では表わせない感覚的な感動を見事に描き出した作品となっている。

　一九五三年、川崎洋は「詩学」の投稿欄に詩を投稿。やはり投稿欄で活躍していた茨木のり子と共に同人誌「櫂」を創刊している。この詩誌にはほかに谷川俊太郎、吉野弘、大岡信、中江俊夫、友竹辰、岸田衿子らが加わってゆく。川崎洋の才能を見抜く力と人徳のようなものがうかがえる。第一詩集も第二詩集もこの「櫂」への作品発表がベースになっている。

　第二詩集『木の考え方』（一九六四年）には「はくちょう」の世界のエッセンスを損なわずに発展させ、さらに円熟味を増した作品が並んでいる。「どうかして」からその部分。

樹
なんとかお前に交わる方法はないかしら
葉のしげり方
なんとかお前と

交叉するてだてはないかしら
鳥
お前が雲に消え入るように
僕がお前に
すっと入ってしまうやり方は
ないかしら
そして
僕自身も気付かずに
身体の重みを風に乗せるコツを
僕の筋肉と筋肉の間に置けないかしら

こうした詩を読むと川崎洋は、言葉のエスプリの詩人であることがよくわかる。言葉を深く考え、それをポエジーに昇華させる、そのプロセスにエスプリがある。「日曜日」という作品も魅力的だ。出だしのユーモアに注目したい。川崎洋はたくまざるユーモアの持ち主でもある。海へ入って「ももはどうすればよいのかわからず」などというのは、なかなか書けない。そして、固く反った乳房の娘がくると、僕はちんぼこを結んだ藁をとるという、明るくおおらかなユーモア。そこにポエジーが発散している。

中でも、私が好きなのは「ゆうやけの歌」という作品だ。長い作品からそのさわりだけを引用する。

ゆうやけこやけ　じゆぴたあ　焚け
焚け　おんがくを　魚のように
はだかの雲は杏いろ
焚け　森を　海のように　じらじら
じぷしい　とちめんぼお
盗んだ娘こわきにかかえて　とちめんぼお
(中略)
あなたのふともも　なでさせて
まっしろのつやつやの皮ふには継目がない
ゆうやけこやけ　うしろの正面だれ
コルシカ生まれのさっくす吹きは　なぜ
ゆうやけみながら狂ったか　じゆぴたあ
とおくを見よう

ずうっとずうっと　とおくを見よう

「じゆぴたあ」とは木星のことだが、言葉の前後に木星としてのつながりはない。この言葉自体が詞遊びの中のひとつの掛け声のようなものなのだ。しいて言えば、「遠くにある巨大なもの」の比喩ではあるだろう。しかし、ここでは何がなんの比喩であるとかは余り意図されていない。全体としての音楽的なリズム、そして、一行一行の言葉を味わう楽しさがすべてだ。読みながら、読んだあと、心の中に大きな夕焼けに赤く照らされる森を背景にさまざまなものが踊ったり飛んだりしていることに気づく。ちっとも壮大にかまえていないのに、とてもスケールの大きな言葉の世界だ。ちなみに「とちめんぼお」というのは、川崎洋が十代を過ごした筑後・筑豊の方言で、使い方としては「とちめんぼおふる」が正しいとのことで「あわてる」という意味だそうだが、ここでは擬音語として「とちめんぼお」としたのではないか。つまり方言の意味がわからなくても「じらじら」や「じやかじゃん」などと同じく語感で味わえばよいのだ。オノマトペの豊富さも川崎洋作品の魅力である。

これらの詩篇は、六〇年安保前後の時代を背景に、各地で米軍基地への反対闘争などが澎湃とわきおこっていた情況の中で書かれ、多くの詩人たちが、思想的な内実を作中にこめようと悪戦苦闘していた時代でもあった。しかし、川崎洋は政治的現実にまきこまれることを、あえて遮断しているふしがある。彼のエッセイやその後のいくつかの作品を読めば、彼が社会に生起する出来事に鋭いまなざしをもっていたことがわかる。けれど、若き日の彼は、多くの若い詩人が情況にかかわる作品を書いていたとき、ひたすら「言葉と遊ぶ」ことによって新しいポエジーを生み出すことに全身全霊をかけていたのだ。

川崎洋は、敗戦を旧制中学三年で疎開先の福岡県八女郡で迎え、翌年、家族と共に父の郷里である久留米市に移った。その久留米の図書館で丸山豊の詩にふれ、「一読してすっかり眩惑され、直ちに虜になった」。父の紹介もあり丸山豊の知遇を得て指導を受けたという。そして、丸山豊から学んだこととしてつぎのことをあげている。

「世界と、素肌のあたたかさで接触するういういしい心」

「自分の生活の中で自分の言葉を、身近なところから辛抱づよくそしゃくしつづけ、その嘘をつかない言葉で詩を書くべきである」

さらに、「そのことは、日常性に落ち込むこととは反対のことなのだし、強い、清潔な決意を要することでもある」と、川崎洋は書いている。おそらく、川崎洋はここにあげた二つのことを生涯胸にかかげて詩を書いた人だろう。

「世界と、素肌のあたたかさで接触するういういしい心」で書かれた作品をいくつかみてみよう。「鳥」。

空は鳥を近くで飛ばしたり
遠くで飛ばしたり
けしつぶから消したり
空は鳥にそうしかしてやれなくて
我々は
「鳥が飛ぶ」
としかいいようがなくて

鳥よ
羽をまるごと外してみてくれないか
お前が空を滑れるのは
その我がもの顔加減は
羽があるから　などと
そんなかんたんなことではないと
ぼくは思うのだ

作中、半ばにある「羽をまるごと外してみてくれないか」という一行が喉元に打ち込まれた一撃のようにあざやかだ。鳥が空を飛ぶ、飛んでいることへの感嘆が、物理を超えた感動として伝わってくる。これはまぎれもなく「世界と、素肌のあたたかさで接触するういういしい心」によって書かれたものだ。もうひとつ「海をみている」。

現実に
めざめている

という
それから
夢をみている
ともいう
だったら
もうひとつ
海をみている
と　いってもいい
と思う

起き上がって
また
海をみる
海と呼ばずに
気障ではあるが
広いやすらぎ　なんて
呼ぼうか
海よ　といわずに
広いやすらぎよ

なんてさ（後略）

「夢をみている／ともいう／だったら／もうひとつ／海をみている／と　いってもいい／と思う」。ここに面が一本、あざやかに決まっている。なぜ剣道を比喩にもちだしているのか自分でもわからないが、川崎洋の詩は穏やかで平易そうにみえながら、とても鋭い一撃をどこかにはらんでいるから知らず知らずそんな言い方になったのだろう。「夢をみている」とは、生理的な現象としてのそれではなく、「夢をみているようだ」と使われる場合のことだ。この場合、「夢」は観念的な言葉として大きく心を支配しているものとして使われている。作者は「海」という言葉を単に地学的な海を超えてそのように観念の象徴として使ってもよいのではないか、と言っている。それだけ海は「思い」を支配する大きなものなのだと。ここのところがこの詩のへそだ。二連、三連の描写も美しい。作者は「世界と、素肌のあたたかさで接触」している。

そしてまた、「自分の生活の中で自分の言葉を、身近なところから辛抱づよくそしゃくしつづけ、その嘘をつかない言葉で詩を書くべきである」ことをめざした川崎洋は、日常、身の回りに起こることを大きな観念同様に、大切に詩の素材とした。「にょうぼうが　いった」。

あさ
にょうぼうが　ねどこで
うわごとにしては　はっきり
きちがい
といった
それだけ
ひとこと

めざめる　すんぜん

だから　こそ
まっすぐ

あ　おれのことだ
とわかった

にょうぼうは
きがふれては　いない

すまぬ

どんな夫婦とて、互いの正体を知るうちにどちらかが「きちがい」と一言、言われることがあるのではないか、そんな気にもさせられるほっとする一篇でもある。詩集『ビスケットの空きカン』（一九八六年）の標題作もまたユーモラスである。ビスケットの空きカンに結婚前の手紙を大事にしまっておく女房もいいが、「眼鏡がないともう一字も読めないわ」と言われて「しめこのウサギだ」（「しめしめ」と、兎を「締めた」にかけて「物事が思い通りになった」という地口）と記す旦那も面白い。現代詩人には余りみられない庶民感覚が詩に溢れ出すのも川崎洋の特徴だ。『ビスケットの空きカン』には、ほかにも「自分の生活の中で自分の言葉を、身近なところから辛抱づよくそしゃくしつづけた言葉で」書かれた詩がたくさん並んでいる。

　川崎洋はまた、エロスの礼讃者でもある。「湧然の柵」というラジオドラマにもなった作品がある。詩集『目覚める寸前』から「「湧然の柵」棟方志功」（部分）。

メラシコ
お前のあそこは山小屋の榾火《ほたび》だ
嬉しい熱々だ　かまどの焚き口だ
懐かしさのたぎる湯もとだ
湧き出るほとばしりの源だ
天上界へ駈け登る入口だ
ああ　メラシコ　メラシコのあそこよ
夕焼けの始まりのやさしい桃色が
咲いたばかりの花びらが
ちらちら見え隠れしているぞ
汲めば汲むほどこんこんと湧いてくる清水だ
メラシコ　俺にもその清水でミソギをさせてくれ
ああ　お前をガップラと抱いて俺のへのこを突き立て
れば水楢《みづなら》の木に初めの一斧をくわせたときの　ぱっ
　と飛び散る木の香りがするぞ
おお　メラシコと俺の
命と命の　ほがい！

「ガップラと」は津軽弁で「全身で四つに組んで、およびそうしたニュアンスを含んで〝深々と〟」という意味。「ほがい」は「祝い」の古語。なんともおおらかなエロチシズムがあふれている作品である。近年、女性詩人が性にまつわる秀作を多く発表しているが、彼女らに比べれば川崎洋の作品は健康的なところにとどまっている。それは彼の含羞ゆえだったろうが、川崎洋は初期の頃から一貫して生命の源としてのエロスを詩の前面に出したいという気持ちを意識的にもっていたと思われる。それは、初期作品「往復」「日曜日」などによく現れており、そうしたエロスをモチーフにした作品には秀作が多い。

「「湧然の柵」棟方志功」も津軽弁を多用した作品だったが、川崎洋は方言と方言詩を重要視した詩人である。その手によって編纂された『日本方言詩集』は全国各地の言葉によって書かれた方言詩を集めた貴重な一冊である。『母の国・父の国のことば』、『方言の息づかい』などの方言をテーマにしたエッセイ集もある。

東京は大森に育った川崎洋だが、中学二年生になる時(一九四四年)、疎開のため福岡県八女郡に転居し、ここで筑後弁と出合い、方言とは何か、標準語とは何かについて考えるきっかけを得たと語っている。一九五一年三月まで七年間、いわゆる多感な青春期をこの筑後で過ごしている。そして、横須賀へ向かい、米軍横須賀基地に職を得て、バレーボールを通じて知り合ったという市役所勤務の和枝さんと結婚し、著述家として独立し横須賀を生涯の地としている。こうした人生の来歴が川崎洋に方言への強い関心をもたせる背景となっている。もし川崎洋がまっすぐ東京にもどって社会人になっていたらどうだったろう。ほかの東京出身で疎開体験をもつ詩人たちと方言に対してあまり変わらないスタンスをもったのではないだろうか。東京から近いとは言うものの、あきらかにひとつのローカルである横須賀という地に生活を営むことによって川崎洋はひとつの視点を獲得したのだ。東京を基準とする標準語を客観的にみるという視点、本質的には各地の方言と標準語との間にはなんら優劣の差はないという視点、そして、各地にいきづく方言をこのまますたらせてなるものかという気概を抱いたのである。それは東京に生まれ、青春の言語として筑後弁への愛着をもち、横須賀から俯瞰するバランス感覚をもつ、彼自身の人生によってはぐくまれた気概だ。

そんな川崎洋がいわゆる方言詩に直接的な関心をもつきっかけとなったのは筑後弁による詩ではなく津軽弁による詩であったというのも川崎洋流だ。言葉の作品として、その方言詩にそれだけの力があったからだろう。川崎洋は、一九七四年に高木恭造の津軽方言詩集『まるめろ』を知り、添付のソノシートの自作朗読を聴いて強くひかれ、早速弘前に高木恭造を訪ね、改めて自作朗読を聴き、深い魅力を感じたと記している。

方言は日々共通語に取って替わられつつあるが、方言は共通語では表現不可能な感情の襞の伝達が可能だったり、言葉としてのすぐれた機能性を、あるいはダイナミックな力を帯びている。方言だから分かってもらえる範囲は限られている。しかし狭い範囲でいいから、自分がきりきり感じたことを、その深さのまま伝えたいという気持ちから生まれる。もともと詩とはそういう側面をもっているものではないか。だが方言詩はそういう思惑を越えて、詩の言葉がその方言圏以外の人にも伝わるのは、意味だけが一〇〇％でなく、特に朗読を通して言葉が持つ肉声によると言えよう。

（『感じる日本語』より）

話し言葉に限って言えば、私自身、共通語では細やかな感情の襞を伝達しづらいというもどかしさを二十年近い東京暮らしで痛感した。感情の襞を表現するためには、その人が生まれながらにして使っている方言がもっとも適切であることは言うまでもない。そして、それは生活の基層の部分でもっとも求められ、実際に多用されている。どんなに都会で共通語を使っていた夫婦も出身地の田舎に引っ越せば、自宅では必ず方言を使う。川崎洋の方言への関心が強いのは、庶民の生活言語としての言葉の力への率直な関心からきているものだ。詩集『トカゲの話』から「かまはだ」。

あ　かまはだが入っちゃったから
取って
と　にょうぼうが言った
今朝
米飯をよそった茶碗をおれに手渡しながら
かまはだ？
初耳だった
（中略）
いとしい　かまはだ
つまり
やきもちの　ちょい手前で

停止しているのだ
嫉妬とか
ジェラシーとか
あの真っ黒焦げの沸騰は
もう見送られたということを
ほら　と
示されたみたいで
また
やわはだ
でもないのだと
呟いたりしたのだ

こうした詩篇から、私たちはあることに気づかされる。それは、「方言詩」というものは高木恭造の『まるめろ』のようにすべての行がその地方特有の方言でつらぬかれているものであるといった一種の偏見から解き放たれることだ。川崎洋は、方言もまたひとつの「言葉」であることを平らかな心でみつめて詩の中に取り入れているのである。川崎洋が津軽弁の詩に触発されたのもそうした言葉に対する「公平な視点」からきたものだろう。私たちはもっと自由であってよいのではないだろうか。弘前出身の私が津軽弁の言葉を標準語の文脈に取り入れるのはむろんのこと、例えば富山の「きときと」な言葉で作品を書いたってよいのだ。大切なのは、注意深く言葉をみつけ、手厚く扱うこと、そこに自分ならではの感性を魂のように入れ込むこと。

一九九三年、川崎さんと白神山地の核心部に入山したことがある。急な斜面を登り、渓流の中を歩き、滝をよじ登る、初心者にはややきついルートであった。すでに六十三歳になっていた川崎さんに不安を抱いていないわけではなかった。けれど、林道の終点に車を置いて、これからブナの原生林地帯に分け入ろうとする時、川崎さんは、車から降ろした荷物の区分けなど準備に時間がかかる私や登山家のNさんたちに「一足先に行っていますよ」と言って、目の前にそそり立つ山肌に一人で登り始めたのだ。その時私は「あれっ?」という思いで見送った。川崎さんはゆっくりZ状に刻まれた登山道を登って行った。あの時、川崎さんは、私たちと一緒に出発していたら最初の急斜面で音をあげていたかもしれない。登山ではたいてい登り始めで仲間に遅れまいとして呼吸を乱してしまうことが多いからだ。しかし、川崎さんはそのペースをつかみづらい最大の難所を、ほかの者たちの行動にとらわれてはならないと判断して早立ちして自分のリズムでクリアしたのだ。後で追いついた私は、これなら大丈夫と思った。その後も川崎さんは自分のペースを守った。ゆっくりゆっくり。そして、尾根を越え山深い谷あいにテントを張り、赤石川のせせらぎに耳を澄まし、焚火を囲み、焼いたイワナを頬張りながら飲んだ酒のうまかったこと。川崎さんに疲れはみえなかった。翌日のしぶきをかきわけながらの沢歩きも終始、自分のペースを守られ、ブナの緑の精気を吸いつつ無事下山した。私は、今も「一足先に行っていますよ」という川崎さんの言葉が忘れられない。この世からも不意に一足先に行ってしまわれた川崎さんの言葉が。

（評論集『詩人たちの森』二〇一二年北方新社刊を一部改稿）

池井昌樹論

日本の近・現代詩で、「幸せな家族」を描いて文学的な達成をみた作品がどれほどあるだろうか。清水哲男が日本の詩全般について「喜怒哀楽」の「喜楽」がなくて、「怒哀」ばかりがあると語っているがそんな印象はまぬがれない。そうした日本の詩史の中で、池井昌樹は稀有な詩人である。すこやかで「幸せな家族」がそこにある。それはテレビドラマや雑誌に描かれる物質的にリッチな「幸せな家族」ではない。狭いアパートに身を寄せ合っている夫婦と二人の男の子との家族の素朴な幸せだ。

また、とりわけ妻への愛情をこのようにあたたかく呈示できた詩人がこの日本にどれほどいるだろうか。まず、高村光太郎の「智恵子抄」などにみられる絶唱を思い出す。中原中也は「内縁の妻のような女」への恋心を泣きながら吐いていた。現代詩人になると、妻への愛を綴るのは苦手のようである。吉野弘、川崎洋らの詩篇の中に妻というモチーフはあるが、妻その人よりは夫婦の関係の「妙」のほうが主なテーマになっている。しかし、池井は違う。関係の「妙」を飛び越えて、はっきりと妻が観音様のようにそこに表現されている。
たとえば一九九九年の『月下の一群』から「手」。

よるおそく
めをとじていて
さめていて
てをさしのばせば
あたたかい
ふとんではない
てがあって
そのてをにぎってはなさない
ぼくはおさないこどものように
もううれしくてしかたないのだ
あしたのあさもはやいのだから
そのあさがじきくるのだから
ねむらなければならないのだが

かつてはやみのはてしなかった
どこまでもひとりきりだった
やみのどこかに
いつからか
つぼみみたいにほころんでいた
このぬくもりがうれしくて
やもたてもたまらないほど
うれしくて
いつまでもてをにぎっている
にぎりなおしてみたりしている

独身男性なら誰しも体験しているのではないだろうか。三十歳をこえて夜中に目覚めたときの孤独感を。しかし、今は、手をのばせば「ふとんではない」手がある。ぬくもりのある手がある。そのかけがえのなさが真っ直ぐに伝わってくる。こんなに手放しで妻がかたわらにいることの喜びを歌った詩人がいるだろうか。この手は「どこまでもひとりきりだった／やみのどこかに／いつからか／つぼみみたいにほころんで」いる、生活という自然に咲いた花のような〈象徴〉である。
池井には妻を描いた詩がたくさんあるのだが、たとえば「木の花」という詩。

きはそらのよう
みとれてしまう
ひまなんじゃないといわれても
みあきることがないんです
まいあさバスをまっているとき
みけんにしわよせひとたちと
しゃちほこばってたっているとき
おもいおもいのなりをして
あらんかぎりにのびをして
しげしげこちらにみとれている
きぎのめとめがあったりすると
もうふきだしたくなるんです
このまにちいさくみえかくれする
きのはなみたいにみえかくれする
さっきてをふりおくってくれた
せんたくものをはこぶすがたが
やけにかれんにほころぶんです

「さっきてをふりおくってくれた／せんたくものをはこぶ」妻が、バス停で木のふくらんだ芽を見た小さな嬉しさから手繰り寄せられる。生活の中で、詩人にとって妻は彼を感情の日なたに向かわせる存在として、いつもみえかくれしているのである。そう、池井にとって妻は半跏思惟の観音様なのである。一九九七年の『晴夜』から「半跏思惟」。

つまのねがおをまぢかにみながら
これがしにがおだったら
とおもう
しにがおもまたこのようだろうか
えんぎでもないことをおもう
たとえばこれがわらったり
ふくれてみたりおどけたり
かくしおおしてきたなにか

さらされて　いま
かがやくばかりうつくしく
眼をそらせさえできなくて
このひとときのぐうぜんに
泣きたいような生《せい》の温《ぬく》みに
おもわずくちづけ
してしまうのだが
（中略）
ややあって
その半眼が微笑して
あくびまでして
いやあだみてたの
さあおきようっと
いつものように
ことりのように
とっとと床《とこ》から翔び去ったのだ
とりのこされたぼくのなか
けっしてきえることのない
あの半跏思惟のすがおをのこして

この詩のキーワードはなんだろう。表向きは「半跏思惟」だ。妻は半跏思惟の観音像のようなのである。でも、目立たないキーワードがある。「さらされて」。すっと過ぎてしまいそうな扱いでそこにある。けれど、ここに〈生活〉がある。「わらったり／ふくれてみたりおどけたり」で、なんとかかんとか繕ってきているほころびだらけの生活が、そこに流れている様々な「かくしおおしてきたなにか」が、夜なのにまるで日光にでも「さらされて」いるかのように眠っているのだ。そのことに作者はたまらないいとおしさを感じている。それは、観音様のようにありがたいけがれのないもの。それは私たちの生活の中にも時折り訪れる感情だが、その辺の感じを書き表すことは難しい。そうしたことを池井は一見すらすらと表現としてやってのけている。これは詩人としての長い修練の賜物だ。

　もっとも、小池昌代が「ＮＨＫカルチャーラジオ」（二〇一一年十～十二月号）で池井の詩を評価しつつ〝妻の気持ちは封じられている、彼女が何を思っているかは永遠の謎です〟と語っているのを読んで、そうか女性の視点からみるとそのようなことが気づくことになるのか、と思った。そのうえで、いや、私には、充分詩の中の妻の気持ちは伝わってきていると思った。この妻は、時に「ごえん」(ごめん)と謝ったりしながら、夫を愛しあたたかく包んでいる、ひとつひとつの詩篇から、その夫を愛する気持ちはよく伝わってくるのである。

妻への愛とともに、子どもらを扱った詩もまた池井作品の大きな魅力を形成している。

『月下の一群』から「こもれび」。

てあしからませむすこらと
ふざけていればおもいだす
あの樹上のころ
ねてもさめてもからだはどこか
きまっておたがいふれあっていた
あのぬくもりを
あれはどういう日日だったのか
どういう生の日日だったのか
捕食されまた捕食した
死の影はいつもちらちらしたけれど
こもれびみたいなものだった
詩も信仰もなかったけれど
死ぬこともまた生きることも
こもれびみたいによくわかっていた
こもれびみたいによくわらっていた
あれはどういう日日だったのか
どんないのちの連鎖だったか
頭上はしたたるばかりにあおく
ぬくもりはたえずかよいあってた
あの樹上のころ

心にやわらかく沁みてくる。遠く幼い日日、いつも体のどこかが触れあっていた、そんな日日が確かにあった。家族であったり、友達だったり。しかし、人間は大人になるにつれて段々触れあわなくなる。そうして、親になり、子どもを持ち、もう一度、触れあう。その肉体の感触がただうれしい。それは、いのちの原点のようなぬくもりに満ちている。二度目に感じられたそのぬくもりは肉体の触れあいを越えたものだ。それはもう手の届かない「あの樹上のころ」に所属するものである。

つまり、池井の詩心は、実体のある子どもを通して実体のない何物かに手をのばしている。「月光」。

おさないむすこたちをおもう
いつのまにやら失せてしまった
おさないあのものたちをおもう
あのものたちをつれさった
ほがらかなわかいちちははをおもう
にどとあえないあのものたちの
歓声がとおくとおく月光のように
差し込んでいる休日の午後
あるものは目尻にすこし小皺をふやし
またあるものは
いよいよすくすくてあしをのばし
おもいおもいのなりをしながら
ぼくのまぢかにいるのだけれど
こうしてここに
いるのだけれど

池井は家族を通過して詩にたどりつく、詩をつかむ。幼年時代の息子たちはもういない。彼らがいないということは、彼らと共にあった若かった自分たちももういないということなのだ。幼い者らが若い父母も連れ去っていったのだ、と。過ぎ去った時間へのいとおしさがひしひしと伝わってくる。今も子どもらは、すくすくと成長している「幸せな」情景がそこにあるのだけれど消えたものがある。私自身にも池井と似たような年齢の息子と娘がある。彼らが育ってゆく時間は「にどとあえないものたち」との出合いのつながりだ。ここには、ほとんど涙ぐみたくなるほどの哀切であたたかいものが詩としてつかまえられている。

池井昌樹は一九五三年、香川県坂出市に生まれている。一度、東京から共に旅をして坂出を訪ねたことがある。宇高連絡船で讃岐うどんに舌鼓をうち、初めて四国に渡った。電車の車窓から、茶碗に盛ったご飯をひっくり返したような山がぽつんぽつんと見えた。険しく大きな山塊がつらなる東北の山地とはまったく異なる景色だった。町も、荒い日本海とは比較にならない瀬戸内のおだやかな海に撫ぜられながら眠るようであった。池井の生家は、屋敷という表現がふさわしい旧家のたたずまいであった。それもかなり古びた座敷わらしが住んでいそうな家だった。池井昌樹の感性は、そんな環境の中ではぐくまれたのである。

二〇〇三年の詩集『一輪』から「一輪」。

故郷の家の母屋の奥の
そのまた奥のひだまりに
わたしはいまも
ひとりねむっているのです
かすかに蜜のにおいがし
かすかにかすかに羽音がし
かすかに蕊《しべ》がゆれている
ほかにはなにもありません
みんなおわったことだから
ここにはだれもおりません
わたしはひとりめをとじて
都会のつまやこらのこと
つまやこといるわたしのことを
ゆめみていたりするのです
ゆめをみながら
なみだぐんだりするのです
故郷の家の母屋の奥の
そのまた奥のひだまりに
わたしはひとり
いまでも咲いているのです

東京に出て三十年が過ぎてもなお、池井の心は「故郷の家の母屋の奥の／そのまた奥のひだまり」にある。それをノスタルジーという言葉で語るのはたやすい。誰もが幼少年期に育った無垢なる場所をいとおしむ。そのようにして、池井の詩にはいくたびも故郷が登場する。けれどそれは、単なる場所ではない。続いてきた時間のつながっているその先のいのちのひだまりである。ヨーロッパのファンタジーで言うなら、衣裳箪笥の奥にのびている道のそのずっと先にあるひだまり。そうした池井の詩にしばしば登場するのが祖母と父である。『晴夜』から「祖母といる」の終わりのところ。

たったいまぼくはたしかに
他界した
祖母といっしょにたちあがった
のだ
さあ早よ行かな間に合わん
とおくから差し出されてくる
香木《こうぼく》くさい祖母のあの手を
たしかにぼくはたったいま
こんなとおくで
（モミジの手からもほどとおかったが）
にぎりかえした

ほかにも、両親の反対を押し切って東京で就職した若き日にどっさり葉書の便りを送ってくれた祖母のことを描いた「一枚の葉書」という散文詩がある。祖母の文面はこうだ。

マサキサン　オタンジョウ、オイワイシマシタ　トウサントカアサンデ。ガンバレ、セツド。ト　シヨクム　健康祈リマス。

ことごとく破り捨てたはずの葉書だったが、なぜかひょっこり一枚だけが、四十歳を過ぎた詩人の前に現れる。池井は書く。「この葉書は、祖母の手で投函された時から、祖母の死や、私達の結婚や、息子らの成長さえも経て、ながい、ながい歳月を経て、祖母から孫へ、漸く手渡された一枚の葉書だったのだ。」と。

　私は、この池井のお婆様のことが忘れられない。坂出から上京し吉祥寺にあった私のアパートに池井と訪ねてくださった時、狭いアパートなのに、まるで一軒の家を訪問された時のように、入口、そして畳に座ってからと、きちんと若い私に挨拶をしてくださった。そうして、お帰りになるときも同じように畳に手をついて挨拶をされた。さらに、それまでご自分がおすわりになっていた座布団を半分に折って、立ち上がったのである。座布団を半分に折るということが作法にあるのかどうか未だにわからない。しかし、その折り目ただしさは優しい讃岐訛りと共に強く印象に残り、忘れられない。今は家に暮らしていないのに、その子の誕生祝いをする家族。池井はそんな家族に育てられたのである。このほかにも、母の里のことを題材に「大祖母が好きだった」と綴る「母の里」もある。池井の詩の卵は、大祖母や祖母や両親がそうとは意識せずに長きにわたってあたためたものかもしれない。

池井は中学二年の頃から、詩を書き始め、中学三年の時には、全国学芸コンクール詩部門で特選に選ばれている。「高一時代」などにも投稿して入選。一九七〇年、「四季」にも作品を選ばれている。一九七一年上京し、草野心平が主宰する「歴程」の同人になっている。おそらく、最年少の同人であったことだろう。しかし、時代は言葉のレトリックが鮨詰めの「難解な現代詩」がもてはやされていた頃で、池井の詩が広く注目されるようになるのは、ずっと後になってからである。

池井は二十代の頃、東京は京王線代田橋駅から甲州街道を渡ってしばらく細い商店街を行った先に住んでいた。木造二階建ての古いアパートだった。広い玄関には、居住者の靴がばらばらと脱ぎ捨てられていた。階段を上がってすぐが彼の部屋だ。建て付けのわるくなった引き戸をがたぴしさせながら開けるとすぐに四畳半があり、まるで水芭蕉でも生えてきそうな畳だった。家具らしいものはなく、すわり机と本棚がひとつあるきり。その本棚の棚を一枚はずして、畳の上にテーブルがわりにおいて語らう。文字通り染みだらけの「しみったれた」部屋だったが、角部屋で窓から陽の差し込む明るい部屋だった。「いいだろう、窓から外が見えるんだ」、池井はそう言って自慢した。といっても、隣家の狭い裏庭があるだけで、さして美景ではなかった。「お前にいいものをやるよ」、そう言って池井は押入れを開けた。そこには同じ本が何十冊も積まれてあった。「ほら」。私は、その本の立派さ

に面食らった。『理科系の路地まで』。出来て間もない池
井の第一詩集だった。表紙に谷内六郎の絵がカラー刷り
であしらわれている。どこかの雑誌かカレンダーから借
用したのかと思ったら、「ちがうよ、ちゃんとこのため
に描いてもらったんだよ」と言う。
その第一詩集から「0のふるさと」。
真夏の夜更け
紫色に透き通った田圃の水底深く
冷たいたにしは沈んでいる
青蚊屋にひそむ小魚の
かすかなラムネ玉のあぶくのはじける音が
田舎をひっそり眠らせる……
（中略）
秘密の穴はのぞけません
かんむりつかずの如来様
釈迦牟尼様さえ――
のぞいた者はだあれもいません
天の小川を吐き出した
弁天様の琵琶の音も
遠い昔に止んだまま
羅刹と阿吽の行く方のことを
知ってる人はだあれもいません……
真夏の夜更け
ぼんやり灯るプラネタリウム
北極星はしらしらまわり
無限の輪廻の生まれた日から
冷たい0のふるさとは
不思議な穴の底の底……

なんとまあおにぎわしい
乾いた屋根にござを敷く
うつらうつらの私の頭上
凍った伝説のカーニバル……

一篇の童話を読み、童画を見るような思いだ。この第一詩集には大正から昭和にかけて多くの詩人や作家によって作られた童話や、清水良雄や岡本帰一らの描いた童

画の良質な養分が流れている。それは谷内六郎の絵画につながる養分である。

情景の把握の仕方に注目してもらいたい。郷愁にあふれた世界は、作者という一人の人間によって、秘密の穴をのぞくようにして、のぞいたその向こうに存在している。時には、広々としたプラネタリウムのような世界として広がっている。異次元の情景であるが、この異界が作者の主体に交錯してくるのである。この、視点の持ち方は、こののちも池井作品に息づいている。

そうした視点の交錯は、宮沢賢治が「青森挽歌」などで駆使した手法である。池井の詩の養分になっている詩人には、北原白秋、草野心平、会田綱雄、山本太郎などがあげられるが、初期詩篇において詩法的にもっとも色濃いのは宮沢賢治ではなかろうか。一九七八年に三百部で出した第二詩集『鮫肌鐵道』は、賢治の「詩的私生児」のような詩集だ。タイトルも「銀河鉄道」を意識したものと思われるし、集中には「黒い透明挽歌」なる作品もある。全篇引用したいところだが紙幅の都合でその部分にとどめる。

どこかで
おほきな　おほきな
ああ
今夜は
白熊座のインドラの紫線をむすぶと
ガジガジ
氷砂糖の白熊が出来るのはオホーツク
　　くじらたはむるるうみ
　　ごらん
　　インドラの網だあよ
　　どこかで
　　ブルカニロ博士の
　　こへが
　　する

引用部分のほかになってしまうが、この詩集は、賢治の世界に、谷内六郎の童画の世界、そして、昭和三十年代までは見られた旅興行の見世物小屋や幻燈の世界がオーバーラップされている。

「黒い透明挽歌」は「めりいさあんや　紺三郎の魔たちがよ／ぼくの　ぼたもちの（耳を含めた）あたまのまはりを／羽根ひっつけて　とびかいはじめる／ああ　さむいから　いかりたくなる／続篇の無い／ほの青ぐらむつづきの闇へ……」と閉じられる。（　）に注釈のような言葉を入れることや、気象条件から作者の感情を書き入れる、そしてそれらがすべて詩語の世界に溶解してゆく様は賢治の文体そのものである。

もう一篇、このみずみずしい詩集からみてみよう。「うみぼうずいた」の後半。

こんな　よなかの　オホーツクの軒先から
ぱらぱら　ぱらぱら
ダイヤモンドがおちてくる

日蓮上人が
めやにのえびちゃ漁夫につれられて
みのむしぶねで

ゆうら　ゆうらと　わたるつぶやき

ぼとぼと　ぼとぼと
まっくろいものが
うみのあちらへ　おちてゆく

すいへいせんから
しろすぎるあざらしがぬっとでる

うみのあちらは　べーリング駅

おきにいるのは　あれは人魚ではないのです
あれは波ばかり
おきにいるのは波ばかり
のぼっと出ては　もぐりこむ
いくおくひきの波ばかり

ここでも賢治作品に出てくるオホーツクやべーリングが登場するが、池井の詩には賢治には薄い〈歌〉がある。

童謡の調べにも似た〈歌〉が感じられる。なんにしても、宮沢賢治作品の用語や構成を多用したこの初期詩集『鮫肌鐵道』は、意識的な宮沢賢治へのオマージュなのである。だからといって池井は宮沢賢治からスタートしたわけではない。私のみるところ池井の原点は、第四詩集『旧約』にある。ここには、賢治からの直接的な影響はない。様々な詩人や画家の栄養はあるにしろ、この詩集の詩篇が池井の詩人としてのオリジナルな始まりといっていいだろう。これは、池井が中学生の頃に書いた詩篇を十五年後に四日間で「まとめあげたもの」とのことで、正確には中学生時代の作品とは言えないのだが、表現スタイルの原型がここにあるとみてよいのではないだろうか。「夏のにおい」という詩をみてみよう。

夏のにおいはゆかたのにおい
風呂からあがった時のゆかたのにおい
てんかふんをつけられて
大きなうちわであおいでもらった時の音……
うちわがうすいゆかたにふれて
シュッシュッ鳴き声あげたにおい
（中略）
夏のにおいは蚊帳のにおい
母さんがだいだい湯もってきた
うすあかいランプのある部屋で
はじめて吊ってくれた蚊帳のにおい
いなかのようなにおい
線香の煙でくもってる
青い蚊帳のふとんの上で
虎のまねしてうなったにおい

夏のにおいは炊いたなすびのにおい
夕焼けがまだ赤い時にたべた夜ごはん
父さんは麻のシャツ一枚になり
大声で笑った時のにおい
夕焼けの光で赤く見えるなすび
どんぶりいっぱいに入れてあったなすびのにおい
じいちゃんがなにわ節をうたいはじめた時におった

夏のにおい

「におい」がたくさん出てくる。山本太郎が言ったように池井は「におい」の詩人でもある。ただ、池井は単に物の匂いを書いているのではない。池井が書いているのは、〈時のにおい〉だ。それも、ひとくくりでくくられる〈あの頃〉ということではなく、一人一人の大切な人や生活用品と共にあった〈時のにおい〉。中学生の頃に、すでに池井は数年前の過去の家族やそこにあった道具を振り返っている。池井にとって、彼の周りを包んでいたものがそれだけいとおしいものだったのだ。そうしたものたちをいとおしいと想う気持ちが人一倍強い感性を持っているのだ。そんな池井の詩が、後年、五十歳を越えてもこの〈時のにおい〉へと触手を伸ばしているのはけだし当然のことと言わねばならない。
二〇一一年九月発行の「投壜通信」掲載の「若葉頃」。

ちょっとでかけてくるよといって
あなたはこどものてをひいて
それきりもどってこないのです
わかばのきれいなあさのこと
はちまんさまのいしだんで
あなたはこどもをあそばせながら
めをしばたいておりました
こどもはなにかみつけては
あなたのもとへかけもどり
なにかしきりにおはなししては
あなたをはなれてゆきました
だんだんはなれていったきり
もうもどらないあのこども
あなたはいまもまちながら
わかばのきれいなあさのこと
つとめへむかうばすのまどから
あのいしだんがゆきすぎて
はちまんさまのけいだいが
あとへあとへとゆきすぎて
ものみなははやゆきすぎて
もうもどらないあのふたり

まちわびているとおいいえ
わかばのきれいなあさのこと
とおいいえにはひがあたり
おやすみのひのごちそうの
したくもすっかりととのって

言いそびれてきたが、池井の近年の詩の大半はひらがなによるものだ。ひらがなによる独特なやわらかさが全篇をおおっている。漢字は意味を限定し、象形文字特有の映像的イメージをともなっているがそれがない。カタカナの鋭い感じもない。一方では、どこで単語が切れているのかわかりづらく読みづらい。けれど、その分、読む者もひたひたと文字をたどることとなるので、結局、わからないということはない。ゆっくり咀嚼してみれば、そこに書かれている世界は重層的な言語の世界だ。やわらかくかすんでいくような重層性。

この詩は、谷内修三がブログ「詩はどこにあるか」でとりあげており、彼の講座の質疑応答が紹介されている。この詩に描かれているのは誰と誰ですかという質問に様々な答があったということで、興味深い。谷内さんは、あなたもこどもも作者も池井自身であるとして説明を記している。そのくわしい内容はブログに任せるとして、私の考えを述べてみよう。

このあなたとは妻のことではないだろうか。池井の三鷹の住まいの近くに八幡神社があり、少しばかりの遊具もある。そうして、バス通りもこの神社に沿って通っている。池井はバスの中からこの八幡神社をみかけた。そこに、子どもを遊ばせている妻の姿を「見た」のではなかろうか。もちろん、幻視である。子どもが幼かった頃の若い妻は、ちょっとでかけてくると言って八幡様の境内に。その子どもと妻は今も八幡様にいる……。それが、やはり三鷹の八幡神社で子どもを遊ばせた私の「読み」だ。谷内が言っているように、あなたは池井自身のことでもかまわない、また池井の父や母でも一向にかまわない。そのように、重層的に読める、いや、限定せずに重層的にかすんだまま読まれることを望んでいるのが本当のところだろう。それが池井作品だ。

大切なことは、「月光」同様、ここでも消えてしまった時が書かれているということだ。最初に、「幸せな家族」を描く詩人と書いた。しかし、その「幸せ」にはとても奥行きの深いかなしみがつきまとっている。それは、私たちのいのちがその時々に燃え立つと共に、その時々に消えていっているという痛切な心の傷みがそこにあるからだ。池井の「やわらかい」詩は、かなしい。

どの詩にも人肌のぬくもりがある。詩が印字されている紙さえもほんわりあたたかいようだ。このぬくもりは池井の詩でしか味わえないものだ。それは過去から今につながる時間という日なたのちりをかきわけて伝わってくるぬくもりだ。

（評論集『詩人たちの森』二〇一二年北方新社刊）

対談

文学の「達成」とは？

吉本隆明『マス・イメージ論』をめぐって

清水昶
藤田晴央

清水昶氏より「対談をやろうぜ」と言われたのは一九八三年の秋であった。清水さんは長い入院生活の後で、「人と話す肩ならしをしなくちゃいけないから」と言っていたが、ぼくも対談という形式には興味があった。話し言葉の気軽さで、書き言葉では言い現わせないことも伝えられるのではないか、そんな期待があった。ここで語られている吉本隆明についても、何か書こうとしたら怠惰なぼくなどは死ぬまでかかってもきちんとしたものは書けないだろう。だが、現実にはやはり学生時代以来十余年、オーバーでなく文学といえば寝てもさめても吉本吉本なのである。それは清水さんとて同様だろう。普段の我々のオシャベリにも日常的に登場する人である。

ここでは「吉本先生、ここんとこがよくわかりません」と優秀な詩人昶さんと劣等生詩人晴央クンがオシャベリしているのである。そういうレベルで、読者も吉本隆明の著作や、ここでけなされたりほめられたりしている山本育夫さんの詩集や干刈あがたさんらの小説を一緒に読んでいただけたら、この対談の目的は〈達成〉されるのである。

告白と詩の評価　吉本隆明の考えについて

藤田　では、それらしくマジに対談をしたいと思います。詩には、その人自身がどんな体験をしてきたかがわかると、よりよくわかるものとそういうものが関係ないものと二つあるように思います。例えば鮎川信夫さんなんかは、彼の生きた時代を知ると、さらによくわかる詩で、同世代でも田村隆一さんなんかは、さほど彼自身の体験を知らなくても読めてしまう。それは、作者の体験を知らないと読めないというのではなく、わかると尚更味わえるという意味で言っているのですが、清水さんの詩もその体験を知った方が面白い方ですね。

清水　そうね、文明の及ばない田舎で育ったとか、不幸な生い立ちとか（笑）、学生運動が盛んだったとかね。黒田喜夫さんの場合もそうだね。彼がどうしてああいう詩を書いたかというと、東北の貧しい農村に育ち、小学校を出てすぐ工場労働者になり、その後農民運動をやったとか、彼の履歴を知らないとわからないところがある。

藤田 そうですね。概して日本の詩人って、そういうタイプが多いんじゃないかな。あくまでも自分に密着したモチーフから書き始めていく人が。中原中也にしても、長谷川泰子との恋愛とか、彼自身の失意とか、そういう私生活が露出しちゃっているでしょう。私生活じゃない人は、〈私時代〉みたいなのが出てきちゃってますよね。その点、海外の詩人は、ボードレールにしてもリルケにしてもエリオットにしても、もっと観念的に、悪とか美とか頽廃とか自然を謳っている。

清水 非常に象徴的だね。ランボーなんかもそうだね。してみると、日本の詩というのは、〈告白〉なんだね。ただ、〈告白〉というふうにしてみると、六〇年代にぼくが影響を受けた詩人というのは、埴谷雄高、谷川雁、吉本隆明と、全部詩人にして思想家なんだ。その彼らが、思想的な戦後処理を全部やってしまったという観が当時あった。それで、前をふさがれてしまってる、では自分は何をしようかと考えあぐねた時、あ、詩だと思ったわけ。その時、個人的な体験、それは個人の特性なんだからそれを告白していくということなら、彼らの壁を越えられるのでは、と思った。そういう形で詩を書き始めたところが振り返ってみるとある。

藤田 なるほど。で、そういう〈告白〉で、何かを越えましたか。

清水 詩は、誰を越えたとかそういうものじゃないわけね。誰と誰を比べて、どっちがすぐれているということも言えないのが詩なんだ。だから、詩を評価するということは非常に難しい問題をはらんでいる。その点、吉本隆明の『マス・イメージ論』なんかでは、現在、その人の修辞がどこまで進んでいるかで、どっちがすぐれているかを判断しているところがある。吉本さんの本は、詩に限らず小説への批評でも、最先端を行っているかどうかということが、修辞の問題で捉えられている。ぼくは、それはちょっと疑問だと思う。

藤田 そうそう。吉本さんは、誰それは深く達成しているという言い方をよくしていますね。それは、その人の作品が、現在をよく暗喩しているということをさして達成と言っているようで、それはわかるんだけど、詩の価値というのは、「現在の暗喩」以外にも色々あるはずだと思うんだけど。

清水 うん。吉本さんは、一行一行を問題にしていて、メタファーの中に詩の未来があるという言い方をしている。確かにそうだけど、一行一行を分析していくやり方というのは精神科医のような感じで視線が張りつき過ぎているところがある。一方では、作品全体で、一篇として喩を成り立たせているものも多いわけで、それはどういうふうに関連を持つのだろう。そこが少しわからない。

藤田 そうね。ただ、ニューミュージックの歌詞を見る時には、割に全体で見ているようですね。

清水 あれは短いからね（笑）。ただ、いわゆる詩作品とニューミュージックを並列させて同レヴェルで扱っているのはどうもおかしい。それは、吉本さん自身、そこにリズムとメロディーのある音が入ってくるとどうなるかわからないということを言っている。それを、結局歌詞だけで見るというのは、どうも胡散臭い（笑）。

藤田 だから、そういう音の部分を差し引いても、尚評価すべきところがあると吉本さんは言ってるわけだけど、それにしても、ちょっと現代的な事象にこだわり過ぎているように思うな。確かに、中島みゆきやユーミンの詞も、難解な現代詩も現在をメタファーしているんだけど、言ってしまえばワープロやレトルト食品だってよく現在をメタファーしているという危惧が残る。

清水 うん。だから、吉本さんが前に書いた「修辞的な現在」（『戦後詩史論』大和書房）も、そこに全部持っていってる感じがある。どうもね、吉本さん自身、自信がないんじゃないかな。「海燕」（一九八四年十一月号）で、吉本さんが古井由吉と対談していて、本を出した場合、〝やった！〟と思えるものとそういう感じがしないものがある、『マス・イメージ論』の場合、〝やった！〟という感じがしない方だと言っている。曖昧なところを残しているという。書いた人がそうなんだから、読む人も読みづらい（笑）。

藤田 ぼくは、そこで扱われてる素材が自分の興味対象や仕事に身近だったので面白かったし、感覚的には抵抗感がなく読めました。冒頭の「変成論」でのカフカは、大学での研究テーマだったこともあり、特になるほどなあって感心しちゃった。ただ、全体によくわかったかというと、そうでもなくて、特に〈差異〉という概念がよくわからなかった。こっちが勉強不足なんだけど、肝心な言葉らしいだけに、すっきりしないですね。古井さんも、まだ先の曲折を待つ言葉が多いと語っていますね。

清水　入江隆則って人がね、今度の「すばる」（一九八四年十一月号）で「最近の小説を排す」というのを書いていて、そこでは、三田誠広、干刈あがた、森瑤子、島田雅彦たちを批判しているわけ。彼らの小説の主題は、〈空白〉であり〈空虚〉である、確固としたアイデンティティが無いというふうにね。主題が〈空虚〉であるということが新しがられてきたのが、この十年だけど、それが本当に新しいかというと、そうではないのではないかと。彼らは、時代の手応えがなくなったと、そればかり書いている、確かにレトリックは上手《うま》いかもしれないが、主題からいうと何も無い、それでは駄目なんじゃないかと入江さんは書いている。ぼくもそう思うんだけど、それは詩にも通じることだと思う。鮎川さんなんかの頃には、確固とした主題があったわけよね、それが、その後の変容を見ていると、今では文体が変化しているだけという気がする。

藤田　結局、〈現在〉というものをいかに適確に摑んでいるかということが、吉本さんなんかの新しい作品への評価の軸ですよね。

清水　そうそう。だから、吉本さんが、時代の先端を行っていると捉えている作品は、実は極度の衰弱を行っている作品ではないかと思うわけ。それは、小説でも詩でも同じようなことが言える。

作品への共有感　村上春樹や干刈あがたについて

藤田　う〜ん。ぼくは、詩と小説では事情が違うような気がします。小説の場合は、今、あがっていたような若手作家のものを読むと、主題とは別に、描かれた世界に対して共有感が残る。〝そうそう、自分が生きている世界、つまり〈現在〉っていうのかな、それは、こんなものだな〟という共有感がある。ところが、現代詩の多くの作品は、そうした感じを残さない、全く別のものという気持ちしか残らない。例えば、村上春樹の小説なんかを読むと、確かに現代社会の人間関係の稀薄さとか、〈疎外〉の浸透しきった人間の距離の取り方が俯瞰的には見えるんだけど、基底部では、人間の持つ基本的な親密さが色濃く漂っているように感じるわけ。ホテルのティールームでたまたま居合わせた女との間に、あるいは、ジャズ喫茶のマスターとの間にとか、色んな所に淡い親密な空気が漂っている。表向きがクールなだけに、この作家が人間に対して願っているものがとても鮮かに感じられる。時代的な問題でいうと、一九六九年前後の闘いも、そういう人間が本来営んできた自然な人間性が破壊されてきて、それがある限界に達したので破壊者に対して糾弾、改革の叫びがあがったということだと捉えられますよね。その後、闘いが敗退した虚しい〈現在〉には、叫びよりも、かくあれかしという物凄くプリミティヴな姿勢が作品に込められるようになったのではないかと思います。つまり、人間なんてそんな大層なものじゃない、光と蛾なんかの揺れ動きと同レベルではないか、そこから出発し直すべきではないかということですね。だから、積極的な主題はなくても、そういったことが言語のつらなりから確認できるわけなんですよ。ところが、現代詩の場合は、主題はもちろん、言語のつらなりによってでも確認できるものがない、共有感を抱けない。

清水　共有感ね。それは、一緒に生きた風俗や流行とも関係あるの?

藤田　それは、ディティールにおいてはあるけど、基本的には、登場人物の心の状態が、今まで語られていない層、例えば、昔は思想的概念だったりストレートな生活感情だったりしたところが、もっと内側に近い心の層のところがうまく語られていると、〝うん、そうなんだ〟と思う。だから、風俗とかは直接は関係ないですね。つまり、思想的な言語はもちろん、〝俺は怒ってる〟、〝私は悲しい〟、〝つらい〟ということなども、外側に向かってどこかでいったん整理された言葉ですね。その中身には、もっと曖昧模糊と思い惑っている状態があるわけで、そこのところを描き出したことに喝采を送りたいわけです。

清水　ふ〜ん。ぼくはその村上春樹のものって読んでないからわからないけど……。

藤田　例えば、干刈あがたの作品でも共有感を抱けるわけ。『ウホッホ探険隊』（福武書店）など一連の作品では、主人公の母親は夫と離婚してるわけだけど、離婚しても時々会っていてそれなりに互いを思いやる言葉を交わしている、互いに距離を保ちながら相手にとっても自分にとってもより良い道を模索している、そこが現在の〈空虚〉さなのかもしれないけど、時代の病の中で各々が孤立しながらも何とか信号を交わしながら闘っているという形、そこに共感するわけです。もう一つには、親と子供の関係が、教育する側される側という従来のパターンではなくなっている。子供たちはテレビをはじめとした様々な情報の洪水の中から親から受け取ったもの以外の何かがたくさんあり、それを子供の側から親に、ユーモアやウィットに富んだセンスとして与えていっている、そこでは親の方が子供から潤いを与えられている、親と子が互いに与えあい助けあっているという構造が、ささやかだけどかくあれかしという作者の願望としてよくわかるわけです。

清水　要するに現在の若い家族の解体を逆手に取ってるわけだね。

藤田　そうですね、家族の解体イコール悲惨なものという従来の視点とは違うわけです。依然としてテレビのワイドショーの再現ドラマや蒸発した夫や妻を探せ、あるいは「それは秘密です」（日本テレビ）の視聴者対面コーナーなどでは、離婚とか家族の解体は、ひたすらマイナス価値として決めつけられている。そういう番組が作られ続けているということは、今なお社会通念では家族の解体は涙を頂戴したり怒りを買ったりするものなわけよね。だけど干刈あがたはそういうふうには捉えていない、解体そのものは罪でも悲惨でもマイナス価値でもない、逆に新しいプラス価値への足がかりだということですね。まあ、やっぱり人生は重くつらいんだけど、何とか生きている。そこには微笑もあるはずで、その微笑の部分をクローズアップすることで、結果として人間の孤独が表出されているということです。

清水　でも、作者は何だか無理しているような気がするね。やけに明るさが強調されていて、干刈さんは強い女なのかもしれないけど、大半はそこまでいってないし、もっと泥々としたものがあるはずだと思う。そこを書かないと、明るい民青っぽい小説に陥りかねないんじゃないのかな。

藤田　入江さんは、干刈さんの『ゆっくり東京女子マラソン』（福武書店）をＰＴＡの会報みたいだとけなしていますね（笑）。入江さんは内的物語性とか主題の積極性が必要だと言っているようなんですが、清水さんもそう思いますか。

清水　そう思うよ。入江さんの引用している話に、ある狩猟民がイギリスの支配を受けてから、豊かな生活が保証されたにも拘らず滅亡していったのは心が衰弱していったからだというのがあったけど、今の若い作家たちも心が衰弱しているのではないかと思う。

藤田　村上春樹や干刈さんは、物質文明の豊かさに包囲されながらも懸命に心の豊かさを守ろうとしているように見えるけど……。

清水　うん。現在の空虚を逆手に取ってね。つらいけれども耐えなくてはいけないという時代の要請もあるんだよね。でも、もっと、現在ではなくて、時間性の回復が必要なんじゃないだろうか。子供の話や夫婦の話もいいけど、もっと自分の体験しなかったこと、戦争とか色々あるわけだけど、それは血として今も流れているはずだという理解の仕方をしないと、現在というのは一つの流行としてしか捉えられないんじゃないのかな。

藤田　ああ、ただ横にスライスしただけっていう感じですか。

清水　そう。だから、吉本さんの『マス・イメージ論』には、そこが欠けている。単純に言うと、横に情況を切って、それが先端だよってことになりかねない。

藤田　ただハムの切り身が新鮮なだけということですか（笑）。それは危惧としてよくわかるんだけど、では、主題の積極性とはどんなことかをもう一歩進めて……。

清水　うん。ビートたけしが、自分の本の中で吉本批判をやっていて、吉本は自分たちのようなタレントが登場することを予測できなかったじゃないかというわけ。つまり、必然性として出てくるものには根源の問題があるわけで、現在出てきたもののプラスマイナスもいいけど、その根源の問題を捉えないと駄目だと思う。

藤田　それは、現在の高度に管理化された社会とか、人間疎外の蔓延した社会の根っこを捉えろ、それが主題だということですか？

清水　それは『共同幻想論』（河出書房）や『言語にとって美とはなにか』（勁草書房）などでちゃんとやられているんだけど、この『マス・イメージ論』は、吉本さん自身の規範にうまく捉えられていないと思う。

藤田　それじゃあ『マス・イメージ論』が吉本さんの著作の中では一定の弱さを持っているものとして考えると、そこで取りあげられている詩作品の達成なるものも疑わしいということですか。

達成ではなく変容？　山本育夫や吉増剛造にふれて

清水　うん。達成というより変容なんだよね。詩のスタイルが変わるのは、風俗も時代背景も変わっているんだから当たり前のことだと思う。すぐれているとかいうことではないと思う。

藤田　さしてすぐれていないとすれば、どこが問題なんだろう。

清水　甘えているんだね、現在そのものに。例えばね、村上龍が最近のエッセイで、テクノロジーの発達に体を合わせていけない時代になってきたと言っている。テニスのラケットでもどんどん改良されてきているけど、人間の方がその素晴らしいラケットに追いつく努力をしいられているというわけ。それでは、そのもっとも先端を行くラケットを振り回せる人が即ちすぐれているのかといえばそうじゃないと思う。そのテクニカルなレヴェルと人間の心の間の亀裂を見ていくべきだよね。

藤田　ということは、現代詩でも言語のテクニカルな面だけが発達しているということですか。

清水　うん。荒川洋治が出てくると、みんな荒川洋治的になってくる。心じゃなくテクニックに注目しているからだね。そうなると、全然面白くなくなってしまう。

藤田　確かに、余り面白くないんだけど、その言葉遣いに感心してしまう詩が多く出てきていますね。例えば、最近山本育夫さんが『ボイスの印象』（書肆・博物誌）という詩集を出したんだけど、これは最近珍しく途中で放棄することなく読むことのできた詩集で、吉本さんが長文の讃辞を跋文で寄せています。ぼくもこの詩集の良さは、ある物象やある事態に対して感じる移ろいやすい感情の過程の一段階を見事にスライスして定着して見せてくれるというところにあると思う。これは大変難しいことで、自分で書いていてわかるんだけど、コノキモチを書こうと思っても、すぐその前や後や横にそれてしまう、いや、それどころか比較的近い既成の概念言語に飛びついてしまう。ところが、山本さんの作品はその言葉のつらなりに乱れがないんですね。吉本さんは「沈黙の言葉（無言）と、声音ある言葉とのあいだには、言葉の音階ともいうべきものがあり、それぞれの音階には、固有の表現通則をもった言葉の配置が、成立つことを見つけだした」と書いているけど清水さんは読みましたか。

清水　読んだよ。確かに言葉の冒険というのはすぐれているんだけど、吉本さんみたいな讃辞がふりまかれるなんて思いもよらなかった。確かに『マス・イメージ論』の流れからというとそうなるんだろうけど。言葉の冒険の重要さというのは、認めるよ。山本君にしてもほかの若い詩人にしてもそこに目が行くというのはよくわかる。でも何かガラスの塔のような気がする。壊れやすい。土台がないんだね。

藤田　言葉のつらなりは見事なんだけど、作者が何を訴えているのかが感じられない。無機質なんですね。美術館に陳列されている前衛芸術の作品群を見ているような気がしてくる。確かにこの芸術家は素人じゃないこんなわけのわからないものを作るには相当勉強したんだということだけがよくわかる彫刻展があるでしょう（笑）。あれですね。山本さんの詩も陳列コーナーに静止していて、人をなんだか感心させるがこちら側には踏み出してこない。

清水　例えばね、吉増剛造の『オシリス、石ノ神』（思潮社）なんか読んでみると、ほとんど言葉の意味がなくて、音楽になってしまっている。意味を排除して音の世界になっているからね。朗読が必要になってくる。音で聴くと確かに聴くものにとって快い何かがあるわけ。でも読んでいると意味としてはわかりづらいから、カセットテープをつけて売り出すべきだ。山本さんの詩もそういう面があるんじゃないかな。

藤田 そうね、山本さんのは耳じゃなくて目でじっと追っていると何だか興味深いという奴ですね。でも、意味を考えるとわからなくなってくる。

清水 谷川俊太郎が、詩より音楽の方が進んでいると言っていて、それを言語を用いて達成したのは吉増の『オシリス、石ノ神』だと言うんだけど、ぼくは、疑問に思うわけ。谷川さんの言葉遊びにしても吉増の詩にしても音の側からみると面白いけれど、そうでない側からみると全くわからない。それでは、ただ戯れにすぎないのではないか、ということね。

藤田 あれじゃないのかな。彼らには言語のパフォーマンスだっていう意識もあるんじゃないですか。でも、最近、パフォーマンスというと何でももてはやされているけど、実はひどく空疎なものが多いですよ。そこで、何でもパフォーマンスということで拍手されてはかなわないから、ぼくなんか、詩の場合、これは空疎でないかどうかという見分けどころに、やはり意味の伝達があるかどうかを見ていきたいですね。音楽にのせて短歌を朗唱している福島泰樹さんなんかでも、しっかりと言葉の意味が伝わってくるからいいわけです。

意味と無意味　藤井貞和『ピューリファイ!』など

清水 だから、意味と無意味をどう捉えるかということだよね。吉本さんの山本さんへの考え方も、意味から無意味へ向かう中間的なところをよく押さえているということで、それは音楽にも通じるわけ。しかし、それを先鋭的だとか先端的だとか言うってのは疑問に思う。

藤田 それでは、どういうのが先端的かと言うところを……。

清水 うん。藤井貞和の新しい詩集で『ピューリファイ!』(書肆山田)というのがあるんだけど、これは物凄くいい詩集だと思う。初期の藤井貞和は全然認めてなかったわけ。あの人国文学者だから学者としての知識が先行して面白くなかった。それが今度はひっくり返っているわけ。知識をひっくり返した形で書いているところにユーモアや温さがあり、痛烈な諷刺もある。一行一行のレトリックの上手《うま》さではなくて作品全体での上手さが出てきてる。こうした作品が先端的な表現だと思う。

藤田　何かレトリックなどを気にしないで、しかも思いついたら斬新なレトリックも時々使うといったひどく自然な姿勢の詩集ですね。

清水　構成が小説的な構成によく似ているような気がする。子供の邪気のなさとか悪意とか、教えている学生のこととか、そういうものが出てきてるんだけど、とにかく、詩集全体の訴える力というものが、作者の経験外にはみ出ながら、作品の先に意味を持たせている、それが先端的だと思う。

藤田　宮内庁から来た電話の話とか身辺的なことをさりげなく現在に噛み合わせて詩にしてるところがうまいですね。ここでは詩の建築法としてのレトリックは主要な問題にはされていないですね。毎月発行の詩誌（「四」）に発表したものが多く、修辞に工夫をこらしている暇もなかったんだろうけど（笑）。ぼくは「王慶忠さんを見送って」という詩にひどく感動したんだけど、ここでも詩法よりは主題が重いですね。主題と言っても残留孤児

という単に歴史的な問題でなく、〈記憶〉ということを鮮烈に捉えているという点ですけど。

清水　だから、ぼくは、言葉の技術の進歩というものが詩の思想の進歩だというふうには考えないのね。ただ、主題と修辞の両方がうまく統合された、意味と無意味のバランスが非常に上手くいく、あるいは、言葉と言葉のバランスが競合しながら進んでいく作品というものが今後現われるかもしれないし、そういうものは先端的なものとして評価したいな。

藤田　そういう言い方をするならば、現在は無意味の方に偏りすぎているような気がしますね。

清水　そうならざるを得ない時代の要請があるんだね。この異常に進んだ管理社会がそうさせているところがある。でも、ぼくは芸術が管理社会を越えることはありうると思っている。トホルスキーという人の言葉に「ドイツ革命は天候が険悪なため音楽の中で行われた」という好きな一行があるんだけど、そういうことは起こりうると思っている。そういう意味では、吉本さんの評価する修辞的な作品はこの社会構造を越えてないと思う。

藤田　ただ、意味の方に気を使うと、どうしても既成の言語概念にとびつきやすいという点がありますね。それは、もう歴史の中で手垢がつきすぎていて、作者はある個有の心情で使っていても読者はそうは見てくれない、手垢を通して見てしまう。例えば、何でもいいからひっぱり出すと、ランボーの「太陽と肉体」という詩の第一行は「生命と愛情の源泉、太陽は」（堀口大學訳）となっている。これなんか、ランボーが書いたと知っていればいいけど、今、誰かが書いても見向きもされないわけです。「平和」とかそんな言葉も、作者のこめている意味は、読者のもとでほとんど死んでしまうでしょう。となると、どうしても手垢のついていない言葉、それも一つ一つはもう新鮮なのが残っていないから、言葉のつながりの新しさに賭けていくことになる。

全体性の告白こそ必要　受験生的詩人たちにふれて

清水　うん。その新しさが流行ということなんだね。確かに、萌芽というものは流行を無視しては出てこないところがある。往々にして、先端的な言葉とかコピーは、時代に甘えつつ時代を冷静に見極めねばならないところがある。ところが、どうも二十代三十代の詩人は時代に甘えっ放しという気がする。

藤田　流行というのは大事な点だと思います。一種の共同幻想の波頭ではないですか。「ウィークエンドスーパー」という雑誌があって、ぼくなんかがその雑誌に原稿を書くため取材に歩くと取材拒否にあうような雑誌だったけど、そこに原稿を書いていた南伸坊や荒木経維、高平哲郎、巻上公一といった人たちが、アウトサイダー的個性のまま今や大通りを闊歩している。これは、流行の現象としてやはり面白い。吉本さんが買っている糸井重里や椎名誠や忌野清志郎にしても、一見時代の流れとそりの合わない個性が時代とジョイント演奏しているようなところが面白い。ところが、同じ吉本さんがほめている人でも現代詩の方は、わざわざ解説してもらわないと何が何だかわからない。優秀な受験生がずうっと詩の勉強をし続けて書いたという感じでカッコつきの〈知的〉な作品が多い気がします。

清水　うん。話はとぶけど、ぼくは六〇年安保闘争が敗北した後、日本社会はどんどん管理化していくだろうなと思ったわけ。それで一九六九年、一九七〇年の全共闘運動は、必敗の闘いだと思っていた。事実その通りになって、社会の管理化は急激に進んだんだけど、気がつくと言葉もまた管理されているんだよね。ほかの分野はともかく、詩が一番その辺のダメージを受けているんじゃないのかな。雑文やコピーや音楽と一緒の作詞にはそれなりの隘路があるけど、詩は抜け口がなくて苦しんでいる。若い現代詩人たちは、その、言葉が管理された中で知恵ばかりめぐらそうとするからつまんない。

藤田　そうですね。オーウェルの『一九八四年』（ハヤカワ文庫）は、今以上に高度に管理化された社会を描いているけれど、それでも主人公のスミスは孤独な反乱を起こしている。そういう人がいていいですね。

清水　小説だと中上健次とか小檜山博とかいるんだけどね。二人とも、〈告白〉する作家だけど、私的に知っていることだけじゃなくて、彼ら自身さえ知らない全体性を告白しているんだよね。文体が粗けずりでもあれは凄いと思う。

藤田　詩ではどうですか。全体性を持った告白の詩人はいますか。

清水　う〜ん。こうやって、詩を書いている者同士がさあ、こうやって話をしてて、じゃあお前はどうなんだと言われると困っちゃうけど……（笑）、でも批判は批判としてどんどん批判すべきだと思うよ。

藤田　では、人に指をさされないようこの辺でやめましょう（笑）。本当は、清水さんが「新潮」に書いていた「近代詩への退路を求めて」なんかにも触れたかったんですが時間切れです。

清水　うん。あすこに書いたことも今日の話と関係あるね。でも、近代詩の話を始めたら、一晩かけても終わらない。

藤田　そんな。テープ起こしが大変だからよしましょう。

——一九八四年晩秋、上連雀竹林庵にて

（『ぼくらは笑ってグラスを合わせる』一九九〇年北の街社刊を一部省略）

作品論・詩人論

切なくうつくしい詩集　第九回三好達治賞選評

新川和江

候補詩集にはそれぞれに特色があり、選考会にのぞんでからも、各委員さらに念入りに読み直して審議を交わした。しかしいつ知らず四つの流れがひとつの湖に流れ入るように、話題が『夕顔』に集中していった。この詩集に決まるのでは？という思いを胸中にして選考会にのぞんだことを、決定のあとで各委員が明かし合った。

藤田晴央氏のこの『夕顔』は、卵巣癌に冒された妻の発病から苦しい闘病を経て死に至るまでを、夫の立場から書き記した、まれにみる切なくうつくしい夫婦愛の詩集である。悲しみが深いと、また愛が深いと、このように静かで平明な語り口になるものかと、感じ入りつつ読んでいくと、不意に読者をも慟哭につき落とす詩行がくる。けっして企んだものではなく、怺えていたものがいきなり噴きこぼれるのである。このような状況・心情を叙するために、詩という形式は昔から用意されていたのだと、今更ながら思えてならない。

（「文學界」二〇一四年五月号）

あたたかい「土」が、雪が降りつづける「海」が、あるかぎり　『夕顔』書評

久保　隆

著者、七冊目の最新詩集は、哀しい物語を湛えたものとなった。前詩集『ひとつのりんご』（二〇〇六年）は、妻の画家・野原萌との共作詩集といっていいものだっただけに、妻を送った本詩集は、一枚の扉絵があるだけで、いやおうなくさびしさが横たわっていると感じないわけにはいかない。

だが、ふたりの濃密な関係性は、詩語のいたるところに潜在している。哀しさもさびしさも、それは関係性が濃密だったことの証しなのだ。

たえまなく／さらさらとうたう／たけばやしにかこまれた／ちいさないえで／わたしたちは／あたらしいせいかつをはじめた／（中略）／ひとりのおとこと／ひとりのおんなの／たびじのはじまりだった／どちらかが／いつかしぬなんてこと／ほんきにはかんがえていなかった／ひとときもたえることのない／たけざさのなみのおとが／ふたりと／おなかのちいさないのちの／はてることのない／あしたであった（「竹林」）

誰もが、自分や近親の人たちに、いずれ死というものが訪れることを知っている。だからといって、そのことを絶えず想起するわけではないし、「ほんきにはかんがえていな」いものなのだ。ましてや、関係性の「はじまり」において、どちらかの「死」によって、その関係性の「おわり」をイメージすることはできるはずがない。むろんそれは、「たび」の途上であっても同じことだ。「たけざさ」が「なみのおと」になって二人の関係性へとふりそそぐとき、たえず、関係性というものは、「あした」であり続けている。

一時退院のひと時の安穏、その一篇。

「木戸を入ってすぐに／しゃがんだ妻が／庭の土に手のひらをあてた／「あったかい」／わたしもあててみる／あたたかい／病室では／触れることのできないものたち／妻はまずはじめに／土を選んだ」（「土」）

「土」に「手のひらをあて」ることは、「生きている」ことを確かめることだ。そして「土」を「あたたかい」と感じること、そのことにわたしは率直に感嘆する。草花がわたしたちを慰藉してくれるためには、そこに「土」があるからだという、当たり前の感受を忘れがちになる。「土」が「あたたかい」からこそ、そこに命ある草花があるのだ。まるで、わたしたちが希求すべき豊饒な関係性を象徴するかのように。

おまえは／黄昏の庭先にすわっている／わたしの帰りを待っていたのか／残された陽射しあるひとときに／花を愛でたいからなのか／植栽用の小さな椅子にすわり／ぼんやり花たちを眺めている／そうしているとおまえ自身が／まるで夕顔のようだ／たそかれに／ほのぼの見つる花の夕顔　（「夜顔」）

緊急入院のあと／苦しくつらい日々／なにも食べられず／嘔吐をくりかえす／瀕死の白鳥がここにいる／／おまえの絶望／おまえの苦しみ／弱りゆく気力／翼を撫ぜると／冷たい　と／おどろいた様子／／病の白鳥が／ふたたび舞い立つ日を夢見て／閉じた翼を／そっと撫ぜる　（「白鳥」）

時の流れは／海のようだ／（中略）／結ばれたその日から／ここまでつづく／寄り添うふたつの水脈／（中略）／おまえのいのちが消えることは／太陽が沈むこと／海に雪が降り続けること　（「海」）

哀しい物語は「夕顔」から「白鳥」へ、そして「海」へと連結していく。だがわたしは、藤田晴央の静謐で繊細な詩語に誘われながら、そこに「おわり」ではなく、あらたな記憶の「はじまり」を見たい気がする。
「たそかれ」の「花の夕顔」は、「瀕死の白鳥」となって、「ふたたび舞い立つ日を夢見」る。そして、「おまえのいのちが消えること」はあったとしても、「ふたつの水脈」は消えることなく、「雪が降り続ける」、「海」へと流れていく。「たけざさ」の「なみのおと」が「ふたつの水脈」のはじまりならば、やがて「海」のなかへと「おと」は、いつまでも二人の関係性を漂わせていくといいたい気がする。あたたかい「土」が、雪が降りつづける「海」が、あるかぎり。

著者の妻・野原萌こと雪乃さんは、二〇一二年十一月十四日に逝去。享年五十七歳だった。

（「図書新聞」三一五五号、二〇一四年四月十九日）

ただ黙ってその世界に入り込みたい　中上哲夫

鮮烈な抒情詩の詩集『空の泉』。

全篇、愛する人を失った者の喪失感からくる悲しみに満たされていて切ない感情にとらわれた。久しぶりにいい詩集を読んだという充実した気持ちを実感。近年、こうした純粋な抒情詩が少なくて、残念に思っていたので、読者として大いに慰められ、共感の渦が巻き起こった。

津軽の自然が活写されていることも（津軽は、泉谷明・栄兄弟を訪れた切りだけれど）、大好きな米国の詩人ロバート・ブライを思い出したのもうれしかった。

作品としては、どの一篇もすばらしいけれど、特に次の詩篇をあげたい。

あの秋の暮れ／全身から／いのちの小人たちが火の粉のように／空に昇っていったのだから〃今　たましいは／この無数に降りしきる雪にのって／舞い降りてい

るのだろう⫽まるで湧きでるようね／降りしきる雪を見あげながら／おまえはよくそう言った⫽今　おまえのたましいも／湧きでている／泉のように／わたしに向かって／子どもらに向かって⫽そのようにしてたましいは／何百年も／何千年も／わたしが消えても／子どもらが消えても／舞い降りつづける⫽ふり仰ぐ頭上に／たましいの泉があり／わたしは／湧きでるものに／のどをうるおしている

タイトルポエムの「空の泉」は、わたしには、ただちに宮沢賢治の「あめゆじゆとてちてけんじや」（「永訣の朝」）を思い出させた。ほかの詩篇もそうだが、津軽の風土からしか生まれない清純な抒情詩だ。

家々の屋根は真綿にふくらみ／樹木の枝には雪の花が咲き／氷柱《つらら》は音たてて光っている／道も家も境目がなく／町は消えて／白一色の野原であり林である⫽ふと／これらの家々がなかった／太古の冬を思う／丘のむこうに川があり／川のむこうに山がある／やはり／樹木は雪の花を咲かせ／川はくろぐろと艶めいて流れている／ただ一面の雪の大地⫽そのむこうから／点のようにあらわれ／歩いてくる人影がある／近づいてくるその人は／誰だろう⫽家なんか一軒もなかったそんな時代に／わたしに向かって／歩んでくるのは／誰だろう⫽すこし／はずかしげにほほえんで／近づいてくるのは／誰だろう

「太古の朝にやってくる人」。「わたしに向かって／歩んでくるのは」、もちろん、今は亡き人だけれど、青森や北海道では縄文時代の遺跡が無数に発掘されていて、太古の昔から人々が暮らしていることがわかっている。梅原猛は彼らを原日本人と呼んでいるし、江戸時代の津軽の地図にも蝦夷の村が明記されている。そんな古い、古い風土から藤田晴央という詩人が生まれたことが、この詩を読んで納得できる。藤田晴央は泉谷明と共に「まつろわぬ」人々の末裔だ。

カツラの黄色い葉が甘やかに匂い／葉かげの葡萄が熟

して香る／また秋がやって来たのだ／／雲たちがのぞきこんでいる／湿原の池の鏡／獣の毛のようにそよぐワタスゲ／傾いた陽射しが枯草を黄金に染めている秋／／あなたが亡くなった秋／その秋と同じように／彼方からの白鳥が／空を青く染めている／／あの秋から／空が広くなった／あの秋から／梢が高くなった／あの秋から／枯れてゆくものたちの匂いが濃くなった／／いま／森も町も田畑も色づき匂いたち／子どもたちは／影をつれて走りまわっている／／今年もわたしの秋に／枯葉を踏む人の足音が近づいて来る／共に木の実をひろうために

「あの秋から」。哀切な一篇。解説は無用。秋という季節の詩をしみじみと味わいたい、ロバート・ブライの詩のように。とりわけ、最終連の「今年もわたしの秋に／枯葉を踏む人の足音が近づいて来る／共に木の実をひろうために」には、感銘でもってわたしは言葉を失う……。

と、書いてきたが、作品解説なんてほんとうに虚しい。ただ黙ってその世界に入り込み、作者とともに、花や草木の匂いをかぎ、鳥の声をききながら、空を見上げて歩けばいいのだ。

（「交野が原」九十一号、二〇二一年九月）

対話するいのち

伊藤芳博

静かに読んだ。静かに読み了えた。藤田晴央さんの詩集『空の泉』（二〇二〇年）。いい詩集だった。私の深いところで何かが応えた。奥様が亡くなられるまでのことを描いた前詩集『夕顔』の続編で、その後の二年間に書かれた作品が収められている。それをいい詩集と評するのは不謹慎かもしれないが、文学とはそういうものだ。私的な感傷で心打たれたわけではない。「さざ波」より部分。

気がつくと水鏡に
あなたの顔が映っている
空にあなたがいるわけもなく
あなたには
水から浮かびあがっている

待ちかねた春だから
そんなことがあってもいい
あなたは生きていたころのまま
春のおとずれをよろこんでいる

やわらかい風が
水鏡にさざ波の刺繍をする
すばやい仕事だ
あなたはかき消える
水のなかに帰ったのだ

どこかで郭公が鳴いている
わたしも帰ろう
わたしの残された時間に
水鏡が
もう帰るの
と言っている
さざ波の言葉だ

歌人の佐佐木幸綱が、岡井隆の一首「詩歌などもはや救抜につながらぬからき地上をひとり行くわれは」について、次のように書いている（『極北の声』角川書店、一九七六年）。「たとえば『悲しき玩具』であそぶことで、啄木は救われたのであったろうか。救われはしなかったと私は思う。うたうことで彼は、よりいっそう自己の内なる悲しみの迷路に深入りしていったのだ」と。藤田さんの『空の泉』を静かに読み了えて、私の頭に浮かんだのはこの言葉だ。「あとがき」には、確かに「心をむしばむ空虚（中略）その乱れがちな心の在り様を受け入れてくれたのが、詩だった」と書かれていた。それは正直な気持ちであろう。書くことによって、心を静めていく。死者の魂とともに自身の魂をも鎮めていく。けれども、この穏やかな詩集の奥底にある悲しみは、決して言葉によって癒やされるものではない。言葉で表現することによって、さらに表現者の心の奥深く沈潜し続けるのではないか。前詩集以上に「わたし」の孤独は、深い。

藤田さんは詩集のあとがきで、「普遍的」な死と生について書いている。個人的な死が、詩によって、普遍的な死として他者につながっていく。それはどういうことだろう。私は「普遍的」なものに心を揺さぶられたのだろうか。いや、そうではない。藤田さんの妻の死は、徹底的に個の死だ。藤田さんの悲しみは、どこまでも固有の悲しみだ。誰も入り込めない痛切な孤独だ。私は思うのだ。たぶん、私の中にあるどうしようもない孤独に、藤田さんの言葉が触れたのだと。個と個が深いところで触れ合う。私の悲しみは、藤田さんの悲しみとは違う。けれども藤田さんの悲しみが、私の深いところにある生きる悲しみのような部分に触れたのだ。この固有の孤独同士が言葉を通して出会うとき心は震える。

この詩集で使われている言葉に注目する。「水鏡」「空」「水」「春」「風」「さざ波」、あるいは「映る」「浮かぶ」「帰る」。先に引用した部分だけでも、こんな言葉を抜き出すことができる。普通の名詞と動詞だ。そしてここが重要なのだが、藤田さんの固有の悲しみが、表現としては一般的な言葉に託されているところ。藤田さんの悲しみは、具体という私性を離れ、修飾されていない、例えば「山」とか「庭」とか「雲」「花」というような一般的な名詞や「きく」とか「触れる」「ながめる」などの普通の動詞によって読者に示される。固有の悲しみを背負った一般的語彙は、ゆえに私を開き、伝わり、私の中で具体的な悲しみとして姿を現す。藤田さんの個と私の個は、そのように出会ったのだ。詩が普遍性をもつというのは、こういうことなのではないか。固有から普遍へ。藤田さんの詩を読み、普遍ということについても考えた。そんな詩集には、まず出会わない。

この匂い　なにかににてる
うん　なんだろう

六月の庭にさいている
ほわほわとしたけもののしっぽみたいな
うすももいろの花
（いまもそこにいるのか）
ざっそうをぬくゆとりもなく
みどりがこみあっている庭に
ゆらゆらうかぶほのおみたいな
うすももいろの花
（そこにしゃがんでいるのはだれか）
（中略）
この匂い　あの匂いよ
えっ　あの匂い
そう　あの匂いよ

そのとき
夜気がゆらぎ
うすももいろの花が
わたしのほおをなぜたのだ
（もしかしていまわらったか）

「あすちるべ」より。この不思議な会話の心地よさと悲しさ。この詩集には「匂い」が漂い、「声」が響いている。愛の匂い。死の匂い。自然の匂い。悲しみの匂い。読み手を惹き付けてしまう匂いが漂っている。妻が亡くなった「あの秋から／枯れてゆくものたちの匂いが濃くなった」(「あの秋から」)のだ。

そして「声」。詩中に「あなた」が登場するかしないかにかかわらず、「わたし」は「あなた」に呼びかけ、「あなた」も「わたし」を呼んでいる。そんな二人が呼び合う静謐な世界がある。その声が、読者をも呼び込む。読んでいる私も誰かに呼ばれるのだ。「わたし」の声、「あなた」の声によって。

「停止した列車」という詩では、豪雪で駅と駅の途中で列車が停止し、雪原に「あなた」が不意に現れる。

列車は場所と場所の中間ではなく
時と時のはざまで停止したのかもしれない
窓をうかがっていたら　雪原に
あなたが現れわたしを手招きしている
手動の扉から飛び降り雪原に歩み出ると
あなたは手袋を脱いでわたしの手を握った
ほっそりした指先から
ほんわりとひかりがふくらんだ
(中略)
列車の連結部がきしんだとき
あなたがその赤い貝のような唇をひらいた
一緒に……と言おうとしたのだろうか
ひとりで……と言おうとしたのだろうか
歳月が降る雪のように過ぎようとも
答えを得られないわたしに
小さな青空は空の奥処にあり
列車は停止したままである

「答えを得られない」まま、藤田晴央は、降りしきる雪のなかで、「たましいの泉」(「空の泉」)からわき出る声を受け止め続ける。悲しい詩集を読んで、私は詩を読む歓びに胸を詰まらせた。

(『僕は、こんなふうに詩を読んできた』二〇二一年ふたば工房刊)

現代詩文庫 249 藤田晴央詩集

発行日 ・ 二〇二四年一月二十日
著　者 ・ 藤田晴央
発行者 ・ 小田啓之
発行所 ・ 株式会社思潮社
〒 162-0842 東京都新宿区市谷砂土原町三―十五
電話〇三（五八〇五）七五〇一（営業）／〇三（三二六七）八一四一（編集）
印刷所 ・ 三報社印刷株式会社
製本所 ・ 三報社印刷株式会社
用　紙 ・ 王子エフテックス株式会社
ISBN978-4-7837-1027-1 C0392

現代詩文庫　新刊

201 蜂飼耳詩集
202 岸田将幸詩集
203 中尾太一詩集
204 日和聡子詩集
205 田原詩集
206 三角みづ紀詩集
207 尾花仙朔詩集
208 田中佐知詩集
209 続続・高橋睦郎詩集
210 続続・新川和江詩集
211 続・岩田宏詩集
212 江代充詩集
213 貞久秀紀詩集
214 中上哲夫詩集
215 三井葉子詩集
216 平岡敏夫詩集
217 森崎和江詩集
218 境節詩集
219 田中郁子詩集
220 鈴木ユリイカ詩集
221 國峰照子詩集
222 小笠原鳥類詩集
223 水田宗子詩集
224 続・高良留美子詩集
225 有馬敲詩集
226 國井克彦詩集
227 暮尾淳詩集
228 山口眞理子詩集
229 田野倉康一詩集
230 広瀬大志詩集
231 近藤洋太詩集
232 渡辺玄英詩集
233 米屋猛詩集
234 原田勇男詩集
235 齋藤恵美子詩集
236 続・財部鳥子詩集
237 中田敬二詩集
238 三井喬子詩集
239 たかとう匡子詩集
240 和合亮一詩集
241 続・和合亮一詩集
242 続続・荒川洋治詩集
243 新国誠一詩集
244 松下育男詩集
245 佐々木安美詩集
246 松岡政則詩集
247 斎藤恵子詩集
248 福井桂子詩集
249 藤田晴央詩集
250 村田正夫詩集